寫一封信給妳

東燁（穹風）著

妳說，那將是妳這一生最珍貴的禮物。
但我偏不寫信給妳，
那麼，妳才會永遠陪在我身邊，
無法不帶遺憾地離去。

楔子

一般所謂的慶功宴，往往都在活動結束後隨即舉行，即使大夥收拾完手邊的東西，卸下一身疲憊後，可能已經過了凌晨，但他們向來總還可以精神奕奕，甚至神采飛揚，唯恐在慶功大宴上少喝了幾杯。今天原本也安排好了席位，可想而知又會是浩浩蕩蕩的一大掛人，全都擠進什麼燒烤店之類的地方，要通宵達旦慶祝活動成功。

當最後兩首安可曲唱完，在汗水淋漓與滿場掌聲中謝幕，我都已經回到後台的休息室，耳裡卻彷彿還聽到震耳欲聾的吶喊聲，眨眼時，也依稀還可以看到無數支藍色螢光棒在眼前搖曳的燦爛。

「辛苦了。」再次跟團員們一起擁抱，我們比誰都要激動，因為這是蟄伏好久好久以來，頭一回，我們樂團能夠站上那麼大的舞台，唱自己的歌。

回想幾個小時前，當我第一次站上舞台中央之際，面對萬頭鑽動的場面，心裡其實也有些忐忑，怎麼這就是實現夢想的那一刻了嗎？這是不是終點？又或者，這其實只是最初的起點而已？有些茫然，我只能在舞台正中央悄然而立，直到周遭的燈光逐漸暗下，背後傳來鼓聲，提醒我該準備開唱。

然後，一場演唱會就這樣結束了，隨著歌單上的曲目不斷遞嬗，終於也到了盡頭。懷著些許空虛，也帶著莫名的感慨，但更多的是激情過後還揮之不去的亢奮。休息室裡的他們動作飛快，把後續都處理完，已經開始分配車輛，要前往慶功宴的場所，唯獨我一個人例外。提醒他們酒後別開車，也祝他們玩得開心，儘管沒一起慶功胡鬧，但我們這些人始終都是最好的音樂夥伴。

小巨蛋外面人滿為患，散場後仍有很多人流連不去，還在附近徘徊。我稍微走了一小段路，離開人群後，伸手招停一部計程車。嗓子已經有點啞，跟司機報上地址，隨即安靜不語，我只想閉上眼睛，好好回味一下今晚的演出，同時，也更想早點回到家。

在夜深後的台北市區穿梭，一路趕回到住處，與方才的喧囂相較，這巷子顯得格外靜謐。我放輕腳步，卻毫不遲疑，一推開樓下的鐵門，便跑跳著上樓，一邊爬樓梯時，一邊已經從口袋裡掏出家門鑰匙。

「噓，動作輕一點！」剛進客廳就差點跟王姊撞個滿懷。她是我們樂團的經紀人，今晚的演出是樂團發展過程中，如此別具意義的一個里程碑，她本來不該缺席，但沒有辦法，比起到場去看我們演出，她還有更重要的任務在身，只好留在我家，反正樂團大大小小的演出，她看過起碼上百遍，連我台詞會講什麼，她都一清二楚，人在不在現場，也已經無所謂。伸出手指，噓了一聲，王姊還瞪我一眼。

「她睡了嗎？」我急著問。

「現在都幾點了，早就睡了。」王姊點點頭，問我今晚的演出如何。

「還不錯，有錄影，妳明天進公司可以慢慢看。」我說：「大家全都去參加慶功宴了，妳現在趕去的話，應該還來得及。」

「我最好還有那些力氣。」她搖搖頭，說：「我寧可回家睡覺。」

笑著，送王姊到門口，等她離去後，我放輕力道，把房門關上，然後躡手躡腳地走回來，輕輕推開臥室的木門。室內只有一盞微光，照耀著床頭邊的角落。

她睡得正沉，大概也累了吧，最近天氣忽冷忽熱，而我一時疏忽，居然就這樣讓她感冒了。帶著憐惜，我蹲在床邊，伸出手來，輕輕撫過她的臉頰。是正在作夢嗎？她的睫毛微微顫動了幾下，伴隨著均勻而緩慢的呼吸，可能是夢到什麼開心的事，嘴角彷彿也上揚了一般。

不忍心打斷這麼甜美的睡眠，即使很想抱著她，跟她說說今天演出的盛況，但我最後還是放棄了。摸摸口袋，想起家裡的禁菸令，我決定先溜到浴室去，一邊洗澡，也一邊抽根菸，讓自己稍微放鬆一下，再來想想，看明天可以帶她去哪裡走走，最近為了演唱會忙得焦頭爛額，完全沒時間享受家庭生活，我真的受夠了，我想她也受夠了。

親愛的，妳今天好嗎？是不是有想我呢？這個亂糟糟的世界，每天都充滿光怪陸離的事情，讓人疲於奔命，也讓人心力交瘁，雖然活在眾所矚目的焦點下，看似光鮮亮麗，但我反而羨慕著妳，不受到那些紛亂的侵擾，無須應付所有不必要的人事，只要專心地享受屬於我們的幸福快樂就好。

幸福跟快樂是不是連在一起的？還是可以拆分開來的？這真是一個有趣的問題，非常哲學，沒有經歷過一番人生曲折的人，或許很難理解這種感覺，也更不會去思索這樣的問題。好吧，我知道是自己想太多了，現在的妳已經安穩地睡著，而我能這樣看著妳，已經是人生中最值得歡喜的一刻。

低頭，忍不住還是在她臉頰上親吻了一下，「等妳醒了，我唱歌給妳聽。」想了想，我笑著說：「再寫一封信給妳。」

寫一封信給妳

親愛的，

要知道，儘管提起筆來書寫，之於我可謂家常便飯，然而我能塗鴉音符、譜寫歌詞，也能筆記生活中的諸般大小，但寫一封信給妳，卻有著極其困難的障礙，我想，那是因為對象之故。音符也好，歌詞也好，又或者提醒自己該進超市買東西的便條也好，我總只為自己而寫，但寫信給妳，那個人是妳。

如果可以，我多麼希望這封信已經到了收尾，而非還在最初的開場階段。正如一場音樂演出，總是開頭最難，要怎麼吸引觀眾注意，那往往是讓我絞盡腦汁的難題。後來我發展出一種習慣，那就是省略不必要的累辭贅語，直接用一首歌，讓他們把視線投射過來，就像妳不聽話時，我就唱那首歌給妳聽一樣，那是妳最愛的曲子，〈藍色翅膀〉。

「聽說，思念輕得像風，但你聽不見，
只有一首午夜裡的慢歌，流轉像記憶中的你的雙眼。」

少了以前開放抽菸時，常有煙霧瀰漫所帶出的神祕與浪漫，現在取而代之的是乾冰效果，當來自四面八方的各色光束穿透煙霧時，呈現出瑰麗而奇幻的效果，從台下看來是讓人如此心醉神馳；但只有站在舞台上的人才曉得，其實那一點都不舒服，除了燈光照得眼睛睜不開，有些亮度太強的燈泡還曬得人又熱又昏，根本沒辦法好好表演。

比起我來，小箏算得上是天生就適合吃這行飯的，沒被煙霧與燈光影響，她像是陶醉在音樂與掌聲中，接連四首快歌唱下來，竟是一點也不覺得累，只稍微喘了喘氣，藉由幾句話來舒緩一下，站在她背後的吉他手又開始飄忽的樂音點點，跟著是鼓聲慢慢落下，下一首歌很快又再次開始。這些曲子已經在網路上傳播了好一段時間，客人們大概也都耳熟能詳，因此臉上沒有任何陌生，反倒是被小箏的歌聲深深吸引，我還看到有人跟著哼唱起來。

舞台空間不大，歌手能運用的地方本來很有限，她卻完全沒受到妨礙，時而走到樂手身邊，幫她們製造亮相機會，時而走到台下，把一條麥克風導線的長度發揮到淋漓盡致，一邊唱著，我還看到她跟聽眾握手。

「奇怪，一樣是在表演，也都在同一個舞台上，為什麼不同的人在做音樂，台下的反應就差那麼多？」坐在我旁邊，手裡也端著啤酒的醜貓滿臉疑惑地說：「先不說這女的歌聲怎麼樣，你注意聽，鼓手永遠跑得比人家慢，老是在掉拍，至於那兩個彈吉他的就更不必說了，要多髒有多髒，根本是在比誰的雜音多。你說，觀眾到底來看她們什麼？」

「看長相吧，起碼人家站在舞台上的每一個人看起來都像正常的人類，而且清一色都是迷你裙跟長靴，這麼養眼的畫面，誰不想看？」我無奈地攤手，轉過頭瞧了醜貓一眼，他雖然吉他彈得非常好，但就是外貌慘不忍睹，所以只好屈居在此。

「媽的。」他啐了一口，轉身朝吧台又要了一瓶啤酒，在音樂喧譁聲中，我還聽到他撂了我一道，說：「這一瓶記在于映喆的帳上。」

「記你娘。」我說。

本來這個時段應該是我們站在舞台上才對，「貓爪魚」固定每週在這裡表演三天，也算得上是招牌樂團之一，但今天老闆把我們的時段給挪了出去，特別邀請小箏她們來演出一次。可能人家的知名度比較高，又是偶爾才露臉，顯得比較難得可貴，結果預售票賣得非常好，不但座無虛席，而且反應熱烈。

「可惡，我們的鋒頭都被搶走了，你看這些觀眾，平常哪有這麼多人？」跟醜貓一樣，新兵衛也是我們「貓爪魚」的團員，負責彈貝斯，「再這樣下去，以後還有誰願意來看我們表演？」

我苦笑著解釋，反正小箏她們只是偶爾來這一次，也搶不了飯碗，再說人家是即將發片的樂團，整團都是女生，當然比較有話題性，會吸引較多觀眾入場，那也是合情合理的事，而最重要的是，因為她們玩創作，走自己的路，風格極為明顯，跟我們這種專門複製別人的音樂來混飯吃的傢伙不同。講好聽一點，人家稱呼我們為樂師，但說穿了就跟光碟燒錄機差不多——聽到什麼，我們就在手指上複製出來而已，哪有半點了不起的地方？

「要談創作，你也可以呀。」最後是胖虎說話了，身材壯碩的他是本樂團的鼓手。胖虎說：「上去跟那群搔首弄姿的小婊子們拚了吧，我幫你開路，解決她旁邊那幾個，尤其是那個女鼓手，我看她不爽已經很久了。」

「如果想把她，待會我可以幫忙問問電話，但是現在你可以省省了。」我拍他肩膀。

環顧周遭，這不算太大的室內空間裡，已經隨著音樂的起伏，幾乎到了最高潮，這些待在封閉空間裡的人，被厚厚的水泥牆及隔音設備所包圍，與外面的車水馬龍區分開來，形成一種完全獨立的存在，徹底實現了兔老闆的願望，剛認識他時，這家音樂 Pub 也方當成立不久，那時他最常掛在嘴邊的一句話就是：丟了那些狗屁倒灶，忘了你在台北，在我的烏托邦裡，我們只有音樂，我們只要音樂。

兔老闆以前也是個玩樂團的，不過他很與眾不同，人家玩搖滾、金屬或龐克，他偏偏走的是爵士風；開店以後，這兒每晚都有固定的音樂演出，而基於同樣喜歡創作的興趣，他還特別畫分時段，每天晚上九點到十點，剛開店不久的暖場階段演出以抒情風格為主，也讓喜歡從事音樂創作的年輕人能有一點發表空間，我就是其中之一。老闆的規定是，每一個表演階段大約控制在五十分鐘上下，其中我們可以偷渡大約十五分鐘左右，也就是三到四首歌的分量，來表演自己的東西，在這範圍內的，他都可以默許。

因為既有創作，又曾有過一些演藝方面的經驗，我成了這家店裡最主要的演出班底之一，一週三天，九點到十點，我自彈自唱，走溫暖的抒情風；十點到十二點，我們這個混搭而成的「貓爪魚」則肩負起掀翻屋頂的重責大任，要讓客人不斷跟吧台索要酒精，以麻痺耳膜的疼痛。本來這個樂團是由醜貓所組，用意也只是純粹的好玩，當時團名就叫作「貓爪」，後來因為我的加入，把樂團走向拉到了表演這一塊，醜貓覺得團員與性質既然都有所不同，當然團名也得改一下，於是配合我姓氏的諧音，就成了現在的「貓爪魚」。

「這首歌是你寫的？」兩隻好長的兔子耳朵映入眼簾，我剛在環顧這家店，兔老闆就已經踅了過來。不用看到臉，光從他戴在頭頂的兔寶寶帽子，那兩隻東搖西晃的長耳朵，就知道是他。

「居然拷貝了我的歌。」我也咋舌。小箏她們今晚準備的曲子當中，除了自己的創作之外，也有幾首別人的音樂，一邊唱著，小箏不時投過來目光與微笑，我知道那是在向我致意，於是我舉起啤酒，也遙敬了她。

「還不錯嘛。」兔老闆點點頭，像在跟自己說話。

「確實是唱得比我好。」我無奈。

「唱得不錯，寫得也不錯。」他呵呵一笑，手搭在我肩膀上，說：「這首歌有五六年了吧？現在再聽，還能讓人覺得好聽而不老派，就表示那首歌在當初被寫出來的時候，已經超越了當時的水準至少五年以上。」

「謝謝。」我點頭。

「謝個屁，我是在暗示你，聽不出來嗎？」他忽然一瞪眼，用力在我後腦勺上敲了一拳，「你有時間在這裡跟女人拋媚眼，還不如趕快回家去，想辦法再寫點什麼出來，別再混吃等死了好嗎？」

我滿臉苦笑，看著兔老闆又晃到別處去跟客人們招呼了，只能搓搓自己後腦的腫包，這老傢伙出手真重，想鼓勵別人奮發向上，應該可以找到更適當的方式，用體罰可是完全行不通的呀！祝你手腫起來，痛三天不會好！我嘖嘖了兩聲，心裡偷詛咒別人，而舞台上音樂漸歇，最後一首歌已經唱完，全場爆出熱烈掌聲，小箏正彎腰致謝。我本來想出去抽根菸，等她待會下來聊天，然而還在摸摸口袋，尋覓菸盒跟打火機時，忽然有個人影晃到旁邊來，劈頭就問：「剛剛那首歌本來是比較慢的，結果卻被改成這樣，風格完全跟原唱不同，簡直面目全非，你聽了難道都不會生氣嗎？」

愣了一下，我回過頭來，一個看來很年輕的女孩站在眼前，她的五官清秀，似乎沒有上妝，這在一家杯觥交錯、五光十色的酒館裡可真是異類般的存在，我一時還沒搞懂她的意思，也不知道她對那首歌被改編翻唱是否有什麼更具體的意見或看法，當下只是聳聳肩。

「那首歌根本就不該這樣唱的，不是嗎？歌詞裡本來有很多對愛情的堅持，還有對未來的期待，那些都是要慢慢唱才能唱得清楚的，可是她這種唱法，所有歌詞全都串在一起，根本聽也聽不出來，你不覺得這簡直是一種糟蹋嗎？」表情非常認真，幾乎是瞪著我的，那女孩又說：「為什麼你沒有生氣呢？」

「起碼小箏唱起來比較好聽，也比較多人愛聽。」我只能這樣回答。

「這不是誰唱起來比較好聽的問題，更不是誰的聽眾比較多的問題。就算今天台下有五萬人來聽她唱歌好了，但如果那五萬人當中，連一個能聽懂歌詞的人都沒有，豈不是很諷刺、很好笑嗎？台上那個人唱了半天，卻只有自己在欣賞，這種演唱會有什麼意義？」她堅決搖頭。

「說的很有道理，不過我可不是這裡的老闆，這種事也不是我能管的。這樣吧，妳可以去問問那個戴著愚蠢又好笑的兔子帽的老頭，他是這兒老闆。妳去問問，看他這裡有沒有顧客意見調查表，如果有，妳可以拿來寫一下意見，也許還能換到招待的鹹餅乾一碟，這樣好嗎？」我哭笑不得，只想把這人趕緊打發走，誰唱得好不好，那到底關我屁事？一首幾百年前的舊歌，現在能有一個明日之星願意翻唱，我感天謝地都來不及了，怎麼可能跑去糾正人家改編得不好？況且，這種現場演出，本來聽的就是氣氛，誰會在乎歌詞？我不想跟眼前的小鬼多解釋，更懶得糾纏不清。

「我不要鹹餅乾，那很難吃，」她用一種認真的語氣，說：「我想聽你唱那首歌，〈藍色翅膀〉。」

「今天的表演時段已經結束了，明天請早，好嗎？」嘆口氣，我壓抑著不耐煩，彎腰對這個矮我一個頭的小女生說。

「你不知道我來一次這裡要費多少力氣，也不見得每次都一定能來得了，今天沒聽到，也不曉得要再過多久，才能等到下次機會。」她又說了一次：「我今天可以聽你唱那首歌嗎？」

「不行。」於是我也斬釘截鐵地告訴她，「表演時間結束，就算舞台上已經沒人了，我也不會現在走上去，為妳表演什麼。不管妳是從哪裡來的，是飄洋過海來的，還是穿越時空來的都一樣，我不是周杰倫，妳不是桂綸鎂，我們沒有要演《不能說的祕密》，好嗎？」

「我不知道你在說什麼，但我告訴你，如果你不肯唱，那今天我就不走了。」她拉開椅子，一屁股坐了下去，滿臉都是認真的模樣。但與此同時，小箏已經穿過那些歌迷們，朝我走了過來。

「倉庫裡面有棉被，記得蓋好，別著涼了，晚安。」我點點頭，再懶得跟那小鬼廢話，轉而露出故人相逢的笑容，朝著小箏也走過去。

「親愛的，好久不見。」她第一句話這麼對我說，渾不在意旁人詫異的眼光。

錯過。因為妳遇見的是已經褪下翅膀的，平凡的我。

被才藝雙全的女孩子叫聲「親愛的」，這本該是莫大殊榮，但如果是小箏的話，除了極為短暫的虛榮，其實帶來的是更多的麻煩。醜貓、新兵衛跟胖虎，甚至還有兔老闆，每個人都用一種古怪的眼光看過來，新兵衛就揚著他那卡通人物才有的特濃眉毛，不斷逼問八卦，他說你于映喆到底是什麼東西，人家不但翻唱你的歌，還叫你一聲親愛的；胖虎則是腦筋動得很快，他說男主唱跟女主唱既然可以湊在一起，那麼男鼓手跟女鼓手則理所當然也很登對，「哪時候可以幫我要到電話號碼？」

「過幾年的清明節，等我上山頭去拜你時。」我聳肩對他說。

那天晚上，本來想約小箏一起吃消夜，然而我顯然低估了她現在的身價，已經跟唱片公司簽約的她，同時也受到經紀人的照顧，表演結束，只有短暫的寒暄，她很快地在一群人的簇擁下離去，而我除了得留下來面對一群人質疑的目光，唯一的收穫是手機裡有一封她後來傳來的簡訊，寫著「改天吃飯，有空時打給我」。

我早已過了會認真看待這種客套與場面話的年紀，只有傻子才會當真。在一無所有卻充滿熱情的純真年代裡，當我們說改天吃飯，那麼下次碰面的地點也許就是某一家路邊麵攤，或者麥當勞之類的速食店，可是場景換到成年人的世界裡時，「改天吃飯」就成了一句毫無意義的表面台詞，它頂多只意味著「我們勉強算是朋友」而已。

「你真的這樣認為？」聽完我的想法，小箏用不可置信的表情看過來，但她沒有等我解釋，手上一雙筷子已經疾飛出手，直接命中我的腦袋，「去你媽的，我是這麼無情無義的人嗎？」

「正常人都是這樣的呀！」我抗議。

「把筷子撿回來！」她先命令我，又說：「下次老娘跟你約改天吃飯，你就最好掏出筆記本，看看行事曆，趕緊敲出時間跟地點，否則你就試試看。」

我苦笑著，真的把筷子撿回來，還主動抽了一張衛生紙擦拭乾淨，然後才遞還給她。老實說，這種吃飯方式可真辛苦，一方面要慎選食物，不能吃那種會顯露出難看吃相的東西，一方面又得顧及儀態，就怕吃到一半，太過忘我時，會吸引別人的注意。這樣的苦惱，以前我也曾體驗過，現在則輪到小箏。她小小口地挾起蘿蔔糕，斯文地往嘴裡送，而我則毫無偶像包袱，低頭大口扒起鐵板麵，這麼美好的免費早餐，我一口都不想浪費。

「對了，東西我已經幫你給出去了，你再耐心等等，應該很快會有結果。」一邊吃著，小箏想起什麼似的，忽然對我說。

「噢，那無所謂，不急。」我微笑，但其實帶著心虛。

幾個月前，透過網路通訊軟體跟小箏聊天時，我順便傳了幾首新歌的檔案給她，本來只是想分享一下，然而她說既然詞曲都寫好了，沒理由不試試看，因此徵得我同意後，她把檔案轉交給了公司的製作人。

「老實說，我覺得你應該再考慮一下。」她停下筷子，沉吟。

「考慮什麼？」

「你現在一天當中，有多少時間可以做自己的音樂？應該不多吧？一個星期有三天演出，幾乎都在複製別人的音樂，你要找歌、聽歌、抓歌，還要練歌，精神都耗在那上面了，不是嗎？那你還剩下多少力氣，可以再寫自己的東西？」小箏說：「別跟我說那不累，我在選秀節目的賽程中，已經體會到那種疲憊感。」

「不工作，我怎麼吃飯？」淡淡地一笑，放下筷子，望著吃得精光的盤底，我說：「不賺錢，難道妳要養我嗎？每天請我吃鐵板麵？」

那時，小箏臉上有複雜的神情，好半晌都說不出話來，她最後只是無奈搖頭。對於生活的轉變，我早已經習慣也適應了，本來人的運勢就有高有低，運勢旺了，當然可以過風光的生活，行程有人規畫，起居有人照料，不管要幹什麼，都有人預先幫忙安排，一場演出，只需要唱幾首歌、隨便說點冠冕堂皇的好聽話，一大筆錢就輕輕鬆鬆賺到手，這種日子我也有過；而現在運勢低了，凡事都得自己來，也只能賴在兔老闆的店裡，靠他給一點賺錢機會，坦白講也沒有不好，至少不必再跟小箏一樣，走在馬路上還得戴口罩，一邊吃飯也得一邊顧形象，甚至連罵句髒話都得壓低音量，就怕被人家認了出來。

我們有著各自不同的命運，隨著運勢發展，逐漸走遠了彼此，無論怎樣都再也回不到以前了，所以她賺的錢，那是她的，當然不可能一直請我吃飯；而我為了肚皮，也得有自己維生的方式，沒有誰能養誰，也沒有誰能照顧誰，我能為她做的，大概就是好好活著；而她能幫我的，則是每隔一陣子，我偶爾寫了點東西，她能轉介紹給更多音樂製作人聽聽看而已。當然，那些最後都石沉大海，杳無音訊，而我也早就看開了。

整個舞台都被乾冰煙霧籠罩，幾束藍色燈光透入，一片迷離中，我撥動琴弦，慢慢唱了起來。這是今天最後一首慢歌。不但每星期要上台三天，歌曲還得有變化性，所以我只能依靠旁邊譜架上的歌本，這裡面有我歷年來苦心蒐集編寫的樂譜，起碼上千首歌，而新歌的部分，則是有空時再從網路上聽，遇到適合的，便試著抓出和弦，也編入曲目之中。

慢歌很適合開嗓，也適合醞釀氣氛，我曾看過兔老闆用手機錄下的畫面，畫面中，我坐在高腳椅上，吉他抱在懷裡，周遭是一片黑暗，只有黃色燈光在我頭頂正上方，那是滿臉陶醉的樣子，看起來非常帥，但我自己心裡很清楚，帥他媽的屁，那當下其實我正在放空，只是別人不知道而已，我坐在馬桶上大便時，就是這種表情。

「你剛剛是怎樣，唱到最後一句，明明是一首苦情的慢歌，你居然唱到快笑出來？」抒情時段結束，休息片刻後，「貓爪魚」就要演出。醜貓走上舞台來準備樂器時，偷偷地問我。

「因為我想到自己大便的樣子。」我攤手，老實承認，「那跟我坐在舞台上唱慢歌的感覺很像。」

「有種的話，下次你就在台上把這話說出來，你的小歌迷可能會哭死，想像全都破碎了。」一邊拉扯導線，醜貓一邊說。

「小歌迷？」我愣著，而他下巴一努，順著方向看去，果然在台下的最邊邊，靠近入口處，在不甚明亮的燈光下，有個似曾相識的面孔。

「我是不是又來遲了？」又是那個小女生，幾根頭髮黏在臉上，還有點喘，像是匆忙中才剛抵達的樣子。

「慢歌已經唱完了。」我點頭，想起她上次咄咄逼人，要我唱〈藍色翅膀〉。

「那你們等一下可以唱嗎？」她眉頭果然又皺了起來，卻不死心地問：「應該可以吧？上次那個女的把你其他的歌曲改編成快版，她都可以唱了，你是原唱者耶，應該沒問題吧？」

「小妹妹，妳要知道，一個樂團要表演一首歌，絕對不是說唱就唱的，在表演之前，我們必須把整首歌都拆開來，搞清楚每個人負責的部分，再用自己的樂器去詮釋出來，然後會經過練習，去蕪存菁之後，才能完整呈現給聽眾。上次小箏她們就是經過這樣的步驟，才能把一首歌表演好。而非常抱歉的是，雖然我是原唱者，歌曲也是我寫的，但我們樂團的其他團員卻一次也沒有碰過那首歌，所以就算我能唱，他們也無法演奏，這樣妳懂了嗎？」

「說了那麼多，你是要告訴我，今天無論如何，我都聽不到這首歌了，是這意思嗎？」她似乎又要生氣了，我看到她咬了好幾下牙根。

「很遺憾，」我點頭，心想，妳愛生氣就生氣吧，關我什麼事？要是這世界上每個人都跑到我面前來，想聽什麼就逼我唱什麼，那我不早就煩死了？「就是這樣子，下次也請早，謝謝。」我聳肩。

小女生生氣是什麼樣子？本來我以為大概是跺一下腳，蹇一蹇眉頭，再嬌嗔個兩句罷了，然而我實在太低估眼前這一位了，只見她雙眉一軒，怒不可遏，把手上那張剛剛才花了三百五十元購買的入場券，連同兌換飲料的存根，一併揉成紙團，朝我用力一砸。不過我也不是傻瓜，當下側身，紙團便從旁邊飛了過去。小女生罵了兩句「騙子！無賴！」跟著憤而轉身，踏出大門前，還使勁捶了一下門邊的矮桌，發出好大的「砰」一聲。

有這麼嚴重，需要這樣憤而離席嗎？也不過就是為了一首歌而已？那麼想聽，妳不會去網路找來聽嗎？我不是很能明白這種年輕人的想法，正想轉身，準備上台做下一場演出，但兔老闆忽然走到我旁邊，他手裡還有剛剛小女孩擲出去的紙團。

「其實我有點搞不懂。」他說。

「對呀，我也不懂。」我皺了皺眉，「現在的小孩都很討厭，完全捉摸不到他們的想法，對吧？」

「我搞不懂的對象不是她呀，」兔老闆瞪我，「是你，是你。」

「我？」

「不過就是一首歌嘛，你唱給她聽會死嗎？現在人跑了，你就這樣害我損失一個客人耶！」

「在對的時間，做對的事情，這是我的原則。」我伸出手，拿走兔老闆握在掌心裡的紙團，重新攤開，再把飲料兌換券給撕下來，轉頭跟吧台要了一瓶不勞而獲的免費啤酒，然後我對兔老闆說：「不用介意，起碼她剛剛已經付過門票錢，你不算有損失。」

這是對的時間，妳是對的人，而我又做錯了一件事。

03

沒有開燈，屋子裡很陰暗，只有窗外透進來的，在被老舊窗簾濾篩過後的陽光照亮了桌子一隅。我戴著耳機，坐在椅子上，手指按動滑鼠，把一首歌的間奏反覆聽了幾次，確認小節數與和弦的跑法都與我筆記下來的內容無誤後，接著才又繼續往下聽。

如果不是特別困難的編曲，一首歌通常只需要像這樣聽個幾次，約略就可以拆解分析完畢，將整首歌的架構都搞清楚了，然後再仔細聽聽歌手的詮釋方式，並針對歌詞的部分去記憶，了解整首歌應該有的氛圍方向，如此一來就算大功告成。

忙了一個下午，搞定所有工作，我把桌上那些散亂的樂譜整理好，區分成兩類，其中一類是樂團這邊要用的，放進紅色的資料夾當中，另一類則是慢歌時段要唱的，收在藍色資料夾裡。樂團挑選的曲目需要大家共同決定，選歌比較不自由，但自己要唱的慢歌就容易了，只要我喜歡的，兔老闆往往不會太過干預，反正Pub跟Live House不同，我們走的是通俗路線，也就是說，大家聽得開心最重要，芭樂一點無所謂。

飢腸轆轆，很想趕緊出去吃個飯，但一轉眼，房子亂七八糟，幾件沒洗的衣服全都丟在牆角，原本盛裝髒衣服的籃子都被淹沒了；床上的小棉被跟枕頭歪七扭八，床單也皺巴巴的，而更看過去一點，我平常練習用的吉他、效果器，還有導線全都東倒西歪，更角落邊的編輯器最慘，它還被一條我不知何時丟過去的髒內褲給蓋住。

嘆了口氣，我按耐下想吃碗熱騰騰白米飯的念頭，只好先從櫃子裡找出半包不曉得放了多久，只剩一半的統一麵，也不管它還能不能吃，先往嘴裡倒了一大口，這才一邊咀嚼，一邊開始收拾房子。自從前幾年的男子偶像團體解散後，大家各自分飛，有的人還留在演藝圈，勉強當通告藝人餬口，有的則老早不知去向，或者隱沒在人群中，而我則是那種再擠不進去，卻偏也不肯退下的癩皮狗，還繼續苟延殘喘著。

搬到這個便宜但老舊的小套房，已經又住了好幾年，記得剛搬來時，房東一眼認出了我，還眼巴巴地希望利用我曾有過的知名度，幫他多介紹一點房客，然而幾年過後，他老早死了這條心，還希望我快點滾，免得整天製造噪音，干擾了別人。

好不容易整理完房間，也將衣服丟進洗衣機裡清洗完畢，等我騎上機車，穿過大街小巷，來到兔老闆的店裡時，都已經晚上八點半。而我最後終究沒吃到米飯，倉促地躲在地下室的員工休息區裡吃完泡麵，店長就已經過來提醒，告訴我該準備上台。

如果這就是全部的人生，那至少讓人生再精采一點吧？我們每個人都有責任，在自己的舞台上敬業演出。懷抱著這種浪漫而神聖的心情，我還打了一個充滿蔥燒牛肉麵氣味的飽嗝，手上拽著歌本，本來已經安排好今晚的歌單順序，只要照本宣科就可以的，然而在我要繞過走道，準備踏上舞台前，瞥眼那一群還稍嫌稀落的客人，卻意外看見了坐在最前面，緊挨著舞台邊的她。

「張良去見黃石老人的現代版，」我不禁苦笑，問她是不是姓張。

「張？」她滿臉疑惑，搖頭說：「我姓劉。」

「噢，那看來我認錯人了。」也不管她滿臉疑惑，這年頭的小孩不認真讀書也就算了，連歷史故事都知道得那麼少，我們的教育到底出了什麼問題？連張良去見黃石老人的典故都不知道，實在是可悲到了極點。一邊搖頭，一邊胡思亂想，我一腳剛要踏上舞台，那個姓劉的小女生忽然問我：「今天晚上，我可以聽到那首歌了嗎？」

「吧台上有點歌單，妳可以點一百次。」我點頭。

「真的嗎？」她眼裡瞬間出現了異樣而興奮的光，但我下一秒就澆熄了她的熱情，說：「對，但是我只會唱一次。」

「為什麼？」

「因為這裡還有其他客人，沒有人會想要花錢進場之後，一整個小時只聽同一首歌跟鬼打牆一樣反覆播放呀，笨蛋。」沒好氣的，我瞪了她一眼。就算兔老闆已經告誡過，絕對不能對客人沒禮貌，但我實在不覺得拿紙團往我臉上丟的小鬼夠格算得上是什麼好客人。

我從小學二年級開始學音樂，起初，是因為我那愛慕虛榮的老媽堅持要讓自己的小孩能沐浴在音符中，培養出完美的藝術人格，進而成為她可以帶著到處招搖現寶的道具，但後來則是我老爸，他錯信了算命師的天花亂墜，竟然鬼扯著說什麼八字不凡、命格出奇，這孩子將來必定要有一番成就，而且最好的發展方向就是藝術。結果從此以後，我便過著暗無天日的生活。

多年以後，我爸早已病故，他有生之年從沒看過我成為多麼偉大的藝術家；我媽倒是為了我高中時被唱片公司發掘，合組一個鳥到不行的男子重唱團體，還發行過兩張唱片而光火不已，不過那時她已經改嫁，而我始終跟著奶奶一起生活，大家其實也沒有很熟。

有時候，當我獨坐在小桌前，一邊聽歌，一邊寫譜時，我偶爾會想，如果從小不碰音樂，如果當初不組團體、不發行唱片，我會不會變成另外一個人？如果不要在光鮮亮麗與窮途潦倒之間走這一圈，我會不會變得更快樂一點？這兩種人生境遇都太過極端，而我都品嚐到了其中滋味，儘管很多人還是把我當成以前的那個偶像，然而我自己心知肚明，那些風光老早都沒了，我現在充其量也不過就是個卡在中間，不上不下，只能隨波逐流的瘸腳歌手而已。

思緒到這裡忽然中斷，我刷了一下弦，背後的音箱傳出嘹亮而清脆的聲音，久久綿延不去。當第一個和弦彈下，第一句歌詞唱出，我清楚看到台前那個小女生，她原本被我搶白而又皺眉不悅的表情，慢慢地化散開來，不久之後，我見到她已經輕輕閉上眼睛，像是沉醉在歌聲裡。

「聽說，思念輕得像風，但你聽不見，只有一首午夜裡的慢歌，流轉像記憶中的你的雙眼……」

這就是妳接連來了三次，最後終於如願以償聽到的歌。但這首歌有很了不起嗎？當年正紅的時候，我們經常接受採訪，每當有人問起我寫歌的起點，那最初的想法時，我總能把話說得冠冕堂皇，一副連自己都要信以為真的樣子，但殊不知我只是基於興趣，只是因為腦子裡似乎有點片段的旋律跑過，而隨手筆記下來，再無邊無際地瞎掰出歌詞來搭配罷了，這是一件多麼了不起的事情嗎？我一點也不覺得。

不過對我來說或許很不值得一提，但對別人可能就完全不同了，就像那個小女孩一樣，瞧她滿臉認真的樣子，我心裡在想，如果唱完之後，我對她老實承認，說這首歌只是因為吃飽撐著才寫的，其中一點意義或道理也沒有，所有深情與投入，全都是我在舞台上裝腔作勢所偽裝出來的，不曉得她這次會不會抓起桌上的酒杯，朝我腦袋又砸過來？不敢讓自己分神太久，用輕細的聲音，我把歌慢慢唱完，而在最後的尾奏部分，我額外奉送一段木吉他的獨奏，讓幾個漂亮的尾音隨著乾冰煙霧一起蒸散在空氣中。

會那麼執著地想聽一首我當年寫過的舊曲子，可想而知她應該也是我以前的歌迷，儘管坐在舞台的椅子上，我不管怎麼端詳，都覺得年齡有點不搭，但話又說回來，台灣流行音樂的喜好年齡層，老早就下降到國中或國小階層，所以眼前這孩子的出現，應該也不足為奇才對。我今天別無推託的理由，這是慢歌的時段，也是我本來就可以多唱幾首創作曲的機會，為了報答小歌迷這麼死忠的支持，除了零星的點歌之外，今天我特別放棄了本來排定的歌單，乾脆多唱幾首自己的歌，只是唱著唱著又讓我納悶起來，一首〈藍色翅膀〉讓她如此陶醉，怎麼其他的作品卻聽得這古怪的小丫頭滿臉無感，竟沒有特別激動的樣子？

一個小時很快就結束，當最後一首歌唱完，我起身對台下的觀眾致謝，偷眼瞧瞧那女孩，她正低下頭，嘴裡含著吸管，啜飲著杯子裡的調酒。媽的妳口很渴嗎？老子辛辛苦苦唱了這麼多首歌，妳是不是應該有所表示，也請我喝一杯？就算不請客，妳是不是也應該熱情鼓掌，感謝我的特別優待？妳還沒送上點歌單，老子可就直接把妳最想聽的那首歌給唱出來了耶！一邊偷偷盯著她，我一邊放下樂器，然而這傢伙居然從頭到尾都沒抬眼看過我，直到我都走到吧台區，也看到我那幾個剛抵達的樂團團員，那個小女孩才終於抬起頭來，而讓我詫異的是，她居然滿臉淚痕，看向這邊，給了我一個溫暖且充滿感激的微笑。

我住進妳心裡，是很久以前的事；妳住進我心裡，是不可能的事。

夜已經深了，儘管我的腳步確實在朝那個方向移動，儘管每個人都勸我做同一件事，但天知道，其實我有多麼抗拒。

兩個小時前，整家店裡的氣氛終於達到最高潮，我們接連唱了好幾首經典搖滾名曲，連台下也有不少聽眾跟著大聲唱了起來，但那高潮卻在一瞬間被人打斷，我們一首歌的尾奏才剛彈完，店裡平常只有打掃或練團時間會開啟的日光燈忽然全都亮了起來，讓所有人錯愕不已，而我站在舞台上，跟醜貓他們面面相覷，跟著就聽到一聲來自擴音器裡的喊話，四個字：「警察臨檢」。

其實這本來也不是很大不了的事，只是平常若有警察，大約也都在晚上十二點半左右就會完成簡單的臨檢工作，然後我們照樣表演，兔老闆也照樣賺錢，但今天他們好晚才出現，而且挑在店裡最熱鬧的時候，難怪兔老闆滿臉不悅。

我們停止演奏，依照警察的指示，乖乖在舞台上站著，等候他們作業結束。本來一切都很稀鬆平常，但就在發發呆，順便彎腰去拿水杯的時候，我忽然覺得有點異樣，只見那個小女生滿臉慌張，正手足無措，可是卻又無人搭救。該不會還未成年吧？我心裡閃過一

個問號，但見其他酒客已經紛紛拿出身分證，依序接受檢查，那女生卻兩手空空，而四目交投的瞬間，她幾乎急得都快哭了出來

可能是同情，也可能是出於一個愛護自己歌迷的角度，又或者我大概是被鬼迷了，不忍見她被警察帶走，居然朝著那個小女生，用手指偷偷指了一下。舞台旁邊有一扇不起眼的低矮門扉，那裡面擱置著所有的PA機器，空間非常狹窄，但機器旁邊還有一道門，是通往外面的逃生出口。

「動作輕一點，從那裡出去，巷子外面有便利商店，可以暫時躲一躲。」她緩緩移動腳步，經過舞台旁邊時，我一邊仰頭假裝喝水，一邊小小聲地對她說。

「你等一下會來嗎？」

「警察臨檢結束後，我們還要表演，時間還沒到。」

「沒關係，我等你。」她往後面瞄了一眼，幾個員警正忙著低頭查看酒客們的證件，一時間還沒人注意到這邊。

「能有條路讓妳逃命已經算走運了，還等個屁。」她不擔心自己被抓，但我可不想受到任何連累，瞪她一眼，音量雖低，但充滿威嚴，我說：「躲到便利商店去，等外面沒警察了，妳該滾到哪裡去，就往哪裡乖乖滾回去，少給我們惹麻煩。」

「可是我還有話想跟你說，不管多晚，我都等你。」她其實也很慌張，口氣滿是著

急。

「愛等多久都隨便妳。」偷偷伸出手來，我在她肩膀上輕輕一推，「現在少囉嗦，有多遠妳滾多遠！」

我該去找她嗎？當臨檢過後，音樂演出繼續進行，直到整晚的工作結束，我們收拾舞台上的樂器，剛剛蹲在我旁邊，把所有對話都聽了去的新兵衛終於按耐不住好奇，而他這一問，開啟的可是現場所有人的話匣子，不只樂團的人好奇不已，連兔老闆跟他底下的員工也開始議論紛紛。

有人說這是天上掉下來的好消夜，不吃未免可惜，有人持反對意見，用充滿衛道人士口吻的語氣，勸我千萬不能跟未成年少女發生性關係，部分更為謹慎的先生女士們則善意提醒，這年頭的詐騙集團非常厲害，要我千萬別掉進仙人跳的陷阱裡。

「你自己怎麼想？」那個走漏風聲的始作俑者在跟著大家一起起鬨半天後，終於想到要問問當事人的意見，他又習慣性地挑動一對濃眉毛，像極了忍者亂太郎卡通的新兵衛。

「我其實只想回家大便而已。」我聳肩，把歌本挾在腋下，管他什麼仙人跳或免費消夜，老子都沒放在眼裡，我現在心中不斷嘀咕的，只是下午的那半包統一麵是不是有問題，害我一整晚都很想拉肚子。

「你去接她。」最後是兔老闆下了結論與決定，他在門口把我攔住，說：「把她帶走，帶去哪裡都可以，就是不准把人留在便利商店裡。」

「為什麼？」

「如果她在我們店附近被警察抓走，那種沒大腦的小女生，肯定會把我們拖下水，對大家都沒好處。而她是因為你才來的，所以你得負責搞定她。」結果他說了一句很沒良心的話。

「幹。」於是我這麼回答。

儘管已經是深夜時段，便利商店裡依舊燈火通明，唯獨店員滿臉困倦，當我站在櫃台前買菸時，他幾乎都還醒不過來，逼得我接連說了三次，這才聽懂我要的是什麼牌子的香菸。

「我就知道你一定會來。」女孩原本坐在商店角落的用餐區，她臉上也寫滿了疲倦，但還是撐起笑容。

「如妳所見，我只是來買菸的。」不想承認自己是為了她，我把香菸拿在手上晃了晃。走出店門，她也跟了出來。

「妳住哪裡？我送妳回去吧，這時間搭計程車也不見得安全。」看看她身上穿的，一件平口上衣，露出光潔的雙肩，也隱隱可見胸口的陰影，再配上蕾絲綴飾得很可愛的短裙與靴子，這麼好看的小女生，晚上獨自搭車，安危難免叫人擔心。「不過我只有機車，也沒有多餘的安全帽，要是被警察逮到，罰單可要算在妳頭上。」我沒好氣地說，心裡暗自祈禱，希望她不要住在太遠的地方，我可不想大半夜地在台北街上一直騎車奔波。

「我不能回家。」結果她說了一句讓我咋舌的話，「我媽不知道我在外面。」

「放心，妳不會在外面太久，我現在立刻報警，請警察把妳帶走，那麼妳就只會待在警察局裡面，而不會在外面了，好嗎？」我皺起眉頭，有點不悅，為什麼偏偏要被這種翹家的死小鬼給纏上呢？妳出來鬼混一夜，卻要累死我們這些無辜的人，這是什麼道理？

「你不要這樣啦。」她雖然也揪著臉，口氣卻充滿了求情的意味，「我是真的很想聽你唱那首歌，所以才找到這裡來的，不是故意要給你惹麻煩，你可不可以不要報警？」

「為了聽一首歌而逃家？」我提高了聲調，「我看起來像是這麼好騙的蠢蛋嗎？在妳眼裡，我像是這種蠢蛋嗎？是嗎？」

「我說的是真的。」然而她一臉認真。

「請問妳第一次聽到那首歌的時候年紀多大？妳知道那首〈藍色翅膀〉到底在唱什麼嗎？」

「當然，」她驕傲地挺起已經發育的胸膛，對著我說：「我知道那首歌在講的是一個人對生命的執著，還有對夢想的堅持，歌詞裡面的主角盼望自己能有一雙藍色的翅膀，可以飛翔在自由自在的天空裡。我從國小的時候就超愛那首歌了，我還知道它是你們第一張專輯的首波主打歌，歌曲MV是在日本取景的，我最喜歡你在最後一段副歌裡面的獨唱，聲音聽起來很棒。」

「小學？」我差點連下巴都掉了，那首歌至今五年，這麼算起來，眼前這個小鬼不就連高中都還沒畢業？

「打從第一次聽到那首歌，我就跟自己發誓，總有一天，我一定要見到你，一定要親眼看到你，看到你在我面前唱一次那首歌！」她有點激動，而我還真擔心這會引來附近巡邏的警車。

「好，好棒，好感動，真是太了不起了。」我急忙安撫她的情緒，「那麼，這位小姐，妳姓劉，對吧？劉小姐，請問妳現在到底打算怎麼辦？如果不介意，或者妳可以買本雜誌，繼續回到店裡去坐下，等天亮再走也沒關係，但是我真的很想回家，我想洗澡、大便，我想睡覺，我先走了，好嗎？」我用滿是誠懇的眼光看著她。

不管妳有多喜歡我的歌，不管妳以前多麼憧憬能見到自己所喜歡的歌手，但那都已經過去了，我不再是以前的那個人了，我是于映喆，一個非常疲倦，而且想大便的于映喆，這樣而已。

「我叫劉藝晴。」她忽然報出自己的名字，還唸了一串數字，說：「我把我的身分證號碼告訴你，不信你可以去查，我沒有前科，也不是壞人，更沒有偷過別人的東西，也不是強盜或詐騙集團。」

「就算沒前科又怎樣？妳把生辰八字都給我也沒用呀！我又不需要！」有點急了，這回換我開始激動了。

「那我今天可以住你家嗎？」結果她這麼說。

一首歌可以改變一個人，一個人則可以影響另一個人。前者是生命，後者是愛情。

我腦袋裡其實想過至少一百種方式，可以試著阻止這個名叫劉藝晴的小女生踏進我家門。方法一，我可以送她去找一家看來比較安全而乾淨的飯店，讓她單獨在那裡面睡一覺，然而她搖頭說自己身上只剩三百元，而我儘管還有點錢，可是我為什麼要掏自己的錢來付這筆帳？方法二，我可以狠下心來，直接把她送到最近的派出所去，讓她家人來領回，但問題來了，如果警察詢問起她逗留在外的原因，而她把我供出來，也把兔老闆的店給供出來，那怎麼辦？以後三天兩頭都有警察來臨檢盤查，我們還要不要做生意？那麼，還有方法三，就是我可以拿出手機，找找在外賃屋的女性友人，看有誰願意收留這丫頭一晚，結果手機通訊錄翻了兩遍，最後宣告失敗，我這才發現自己的異性友人真是少得可憐，唯一一個可能在凌晨兩三點還沒睡的，大概只有小箏而已，但我覺得即使是小箏，也不會平白無故讓一個陌生人進到她家。

「劉小姐，妳睡那裡。」指著床，我滿身疲憊地說。今晚看來是只能窩在桌前玩遊戲或看書打發時間了，而我非常慶幸下午整理過屋子，否則跟狗窩一樣，豈不讓人笑話？

「叫我藝晴就好。」她倒是非常開朗，而且精神奕奕。

特別叮囑過，讓她到來是不得已的下下策，而我平常幾乎是謝絕訪客的，因此家裡的擺設也不歡迎任何人觸碰或挪動，除了一張床鋪的範圍外，我不希望她動到任何東西，唯一可以讓她玩來玩去的，就只有電視遙控器而已。

「別下床，別摸任何東西，也別問我任何問題。」一踏進浴室前，我這樣交代。

把陌生的女孩子帶回家，這種事在我的生活圈，對那些我認識的人來說，根本是一件司空見慣的事，不管是以前或現在，我有太多遊戲人間的朋友，他們總能對這樣的事情樂此不疲，而說也奇怪，那些傢伙到現在都還活得好好的，居然沒聽說有誰給自己惹上什麼麻煩，不過我更納悶的是，那些女孩子到底又抱持著什麼樣的想法呢？她們難道不覺得尷尬或不舒服嗎？我曾把自己的想法告訴別人，然而換來的只是更異樣的眼光，他們的眼神像是在看動物園裡的熊貓，不，是以一種看「比熊貓更稀奇的動物」的眼神在看我。

這個小鬼在幹嘛？會不會待會我大完便、洗完澡、再走出浴室時，她就已經把自己脫光了吧？難道她以為被我帶回家，就表示今晚要跟我上床？應該不至於這麼誇張吧？我只是不想自掏腰包幫她付飯店錢，也不想給自己跟兔老闆惹麻煩，所以才勉強收留她一夜而已，絕對沒有其他不良的企圖啊！一邊在心裡吶喊著，一邊抽衛生紙擦了屁股，然後很快地沖了澡，為了避免誤會，我還特地帶了衣服進浴室，全都穿好了才走出來。開門時，我心裡正在想，如果她此時衣著整齊，那就真的可以讓她繼續待著；反之，她要是已經把自已剝光了，那我也許會一腳把人踹出去，讓她光著屁股在大馬路上跑。

「我不是交代過，叫妳什麼都別碰的嗎？」皺起眉頭，我說。剛剛明明已經吩咐了，屋子裡的東西都不准摸，活動範圍也僅侷限在床上的，然而當我走出浴室，第一眼看到的，就是她雖然還衣著整齊，但雙腳卻站在地板上，彎下了腰，正認真端詳著那好幾排擺在櫃子上面的火柴盒小汽車。

「你居然蒐集了這麼多！」她語氣裡帶著讚嘆，而那確實也是我非常自豪的收藏。多年來始終不輟，只要看到喜歡的，也不管身上還有沒有錢吃飯，總非得買下來不可的小汽車，算算起碼兩三百輛。

「就算妳覺得很了不起，但我剛剛也說過了。」我指指她的腳，「別下床。」

「但是我想上廁所，也想洗澡。」站在地板上，她睜著圓眼睛看過來，那樣子確實很可愛，也讓人難以抗拒，但我嘆了口氣，不斷提醒自己，眼前這個小女生只有十七歲，她是未成年少女，基本上我這樣收容她，就可能已經構成犯罪，絕不能心猿意馬，再幹出什麼事情來。當下頭一撇，看也不看，我只把手往浴室一指，叫她自己進去盥洗。

三更半夜，只剩眼前檯燈，而我坐在書桌前，既沒打開電腦，也不想聽到電視的聲音，很安靜地隨手翻著音樂雜誌，完全不回頭，背後是一片安靜，整個屋子裡只有冷氣機運轉時所發出細微的嗡嗡聲。這種夜晚有點難熬，我連香菸都沒辦法抽，只好動不動就拿起桌上的啤酒瓶，一小口一小口地喝著，但退了冰的啤酒還真苦。

「也可以讓我喝一點嗎？」她的聲音忽然傳來，讓我錯愕了一下。

「居然還醒著？」我皺眉，提醒她未成年別喝酒，而且最好趕快睡，因為天一亮，她就得立刻滾蛋。

「你平常都住在這裡嗎？」不理會我的提醒，顯然她是個非常喜歡做自己的小屁孩。

「不然還能住哪裡？」

「我以為你應該會住在像別墅一樣的地方，房子裡的裝潢呢，走的一定是極簡風，大概就是原木的色調，或者灰黑色的那種。然後，屋子裡會有鋼琴，因為這樣你才可以寫歌，除此之外，廚房一定乾乾淨淨，因為你平常大概不會下廚，只會在餐廳吃飯。屋子很整齊，一塵不染，家裡除了鋼琴聲，只會有穿著拖鞋走在磁磚地板上的聲音。」她臉上滿是想像力無限發揮的表情，在無邊無際的漫遊中，勾勒出一個天馬行空的世界。

「也許賺很多錢的音樂製作人，或者超級天王、天后們可能會過那樣的生活，但過氣歌手沒那麼奢侈，我只是個普通人而已。」一攤手，看看這儘管收拾後，卻還依舊紊亂的房子，我指指垃圾桶裡的東西，說：「過氣歌手通常都只剩下泡麵可以吃。」

「所以我覺得很特別、很新奇，原來你跟我的想像完全不一樣。」她點頭。

「讓您失望了，還真是抱歉。」我沒好氣地說，可是她卻絲毫不以為意，居然還綻開笑容，說：「沒關係，這樣反而比較好。」

「好在哪裡？」

「至少我們比較像是同一個世界的人，對吧？」她笑得很天真，但我可一點都不這樣認為，這個小女生隨身帶著的包包可是香奈兒，直到她走進浴室洗澡前，我整晚都聞到她身上的香水味，那香味很清淡，卻透著高雅的酸果氣息，顯然也不會是廉價品，而我再看看她擱在床邊的手機，那赫然是前陣子才剛推出不久的明星商品，根本是我不可能買得起的。我們像是同一個世界的人嗎？我很懷疑。

「三更半夜不回家，連一通電話也沒打來，難道妳的家人都不擔心嗎？他們為什麼可以放任妳在外頭亂跑？」我感到懷疑，一個家境這麼好的小孩，怎麼可能家裡都不管教的？

「我爸不在台灣，我媽早就睡了。」她聳肩。

「一家就這三口？」

「露西又不太會說中文，而且她就算知道我不在家，也不敢出賣我，偷偷跑去告狀。」

「露西又是哪位？」我皺眉。

「她是我媽請來的印尼外傭，平常負責打掃家裡的。」說得理所當然，這不知人間疾苦的小鬼還一副稀鬆平常的樣子。

聽到這裡，我已經完全不想跟她再廢話，這種靠著家裡有錢就只會作怪跟搗蛋的人，怎麼可能跟我同處在一個世界裡？轉過頭，我想繼續看雜誌，至於她愛睡不睡，我已經懶得去理會了。

「你不想多認識我一點嗎？」見我打算終止話題，她卻不肯就範。

「我應該多認識妳一點嗎？」

「因為我認識你很多呀。」她笑著說：「我知道你是處女座，血型是A型，所以個性有點龜毛。你最討厭吃芹菜，也很討厭香菜或九層塔，平常喜歡喝啤酒，但是為了怕胖，所以不敢喝太多，偶爾也會慢跑。你最喜歡的樂團是史密斯飛船，最喜歡的電影是《教父》系列，不太怕鬼，但是很怕蟑螂。」對我的種種資料幾乎如數家珍，她扳扳手指又說：「你喜歡長頭髮的女生，而懷疑自己可能有戀母情結，因為你媽媽年輕時就有一頭長髮，眼睛很大很漂亮，所以你也喜歡那樣子的女生，不過你幾乎沒有任何緋聞，除了跟那個叫作小箏的女生曾經在一起之外，就沒再交過別的女朋友。」

「恕我冒昧，」我忍不住打岔，糾正她，「我跟小箏沒真的在一起過，那只是有好感而已，而更多的是媒體炒作，我們需要製造話題來搏版面，這是唱片公司的安排。」

「好，就算是這樣，那我還知道你其他的很多事情，我知道你很喜歡旅行，喜歡音樂，你最大的心願是舉辦世界巡迴演唱會，把自己的音樂傳播到世界的每個角落，最好能在撒哈拉跟北極也辦演唱會，唱給駱駝跟北極熊聽……」

「夠了，夠了，」我又忍不住了，揮手打斷她，「連那種胡說八道的心願妳都知道？」

「這些事情分別收錄在《星新聞》的第十六跟第二十四期，其中第二十四期是因為你們發行第二張專輯，所以才接受雜誌專訪，還拍了雜誌封面照片，照片裡面，你站在最中間；另外還有一些資料，是電視上播出的娛樂新聞內容，我還有錄影下來，你上節目那天穿的是黑色的上衣跟深藍色短褲，頭髮染成褐色的，那次你坐在左邊數過來第三個位置，雖然鏡頭不多，但所有團員當中，你還是最帥的那一個。」

說到後來，我已經瞠目結舌，完全不敢相信，這世上居然有人這麼關注我，連那點芝麻蒜皮的小事都記得一清二楚，鉅細靡遺到這種程度，讓我吃驚得下巴幾乎掉下來。

「妳今天跟我說，妳是什麼時候開始注意到我的？」

「小學，六年級的時候。」她根本不在乎「小學生開始追星是否嫌之過早」的問題，還一臉興奮與自豪。

「從那時候起，妳就想盡辦法要跟我見上一面，聽我唱歌？」我想起她在店裡曾說過的話。

「不只想聽你唱歌，我還有一句話想跟你說，為了說這句話，我可是等了很多年，還飄洋過海，費盡千辛萬苦。」她那圓亮動人的大眼睛裡幾乎都快閃著光芒了。

「那妳現在可以說了，我洗耳恭聽。」我嘆口氣。

「我喜歡你。」

然後我的下巴就真的掉了。

上帝不允許落魄的人有寧靜的心，於是，派來了愛情。

06

本來我以為那句「飄洋過海」只是誇張的說法，但後來才曉得，原來藝晴不只是在開玩笑而已，為了證明自己的來歷，她先用中文敘述了一大段，關於她曾經住過的那個城市，然後再用英文說一遍，甚至還指天誓地，說下次碰面，她會把自己的護照帶來，以證明她真的是加拿大人，到這裡我於是只好相信，她真的有雙重國籍。

「這樣你就信了？」新兵衛並不辜負自己的綽號，他嘰哩咕嚕對我吐出了一大串顯然是杜撰的日文後，說：「我是日本人，而且來自忍者學院，你相信嗎？」

「我相信你很快就會變成死掉的忍者。」捏起拳頭，我叫他閉上嘴巴。

沒有太多時間可以浪費，我們必須在短短兩個小時之內，把預定好的歌單全都跑過，得確認彼此的流程無誤，湊起來要真的像一首歌才行。儘管時間很有限，但這個任務對我的樂手們而言卻不算困難，他們都是混跡在各家 Pub 或錄音室已久的老手了，對歌曲的掌握能力全都在我之上，儘管嘴裡老是說著些沒大腦的蠢話，但認真起來時，工作效率還是非常優秀。

除了跟我合組「貓爪魚」之外，新兵衛另外還兼了好幾個表演團，上台演出之外的時間，就是往返奔波於各個練習場地，跟不同的團員討論、配歌，然後準備演出；醜貓則兼任錄音室的吉他手一職，專門給別人當槍手；至於胖虎，他雖然目前只有這個演出團，卻收了十幾個跟他學鼓的學生，同樣忙得不可開交。

「有沒有考慮過，再多兼幾個團？雖然我不想讓自己的搖錢樹去幫別人賺銀子，但如果你多跑幾個場，應該可以賺更多一點不是？」練習結束後，團員們各自解散，唯獨閒來無事的我可以留下來，坐在吧台邊，就著一盞微弱燈光，跟來陪我們練團，順便盤點庫存的兔老闆一起喝瓶啤酒。

「我看起來像是很缺錢的樣子嗎？」

「缺不缺錢不是從眼前來看，而是看你以後想過什麼生活。」兔老闆語重心長地說：「這種跑場子混飯吃的工作，我總覺得不是很適合你。」他沉吟了一下，說：「上星期我在看小箏的表演，心裡就一直在想，你當初那個男子團體，根本就是唱片公司的錯誤操作，跟那些繡花枕頭混在一起，個人鋒芒完全沒辦法展現，一群人排排站，簡直就像家飾賣場，只能比誰好看而已。倒不如像小箏這樣，靠自己的本領來吸引消費者。」

「小箏也是重頭來過，拋棄了以前的偶像歌手包裝，一路在選秀節目過關斬將，好不容易才走到今天的呀。」我說。以前在同一家唱片公司，小箏還是比我晚出道的同門師妹，只可惜一直被以偶像歌手包裝著，老是要紅不紅的，直到後來她回頭參加選秀，才總算有一展唱功的機會。

「那你是不是也應該努力點呢？」

「我可沒那本事，要唱贏一整季的參賽者。」我聳肩，然後搖頭。

「每個人專長不同，小箏是實力派的，本來就應該靠唱功來開創自己的事業，而你既然唱得不怎麼樣，就不要光想著唱歌呀。」

我瞄了兔老闆一眼，想確認自己沒有聽錯。說唱得不夠好，我這是在自我謙虛，但再怎樣，我好歹也是這家店的招牌歌手，為什麼身為老闆的他居然也說我的專長不在唱歌？

「看什麼看，你以為自己真的是歌神嗎？別開玩笑了。」酒瓶朝我晃了晃，兔老闆說他之所以讓我有站在舞台上的機會，當然是憑藉著我或多或少還擁有的一點知名度，但如果要論歌喉，他說：「我那個唸幼稚園的兒子都唱得比你好。」

如果還正當紅的那幾年，自己能稍微具備一點理財觀念就好了。我嘆了一口氣，以前不懂事，賺多少就花多少，結果現在銀行存款如此微薄，不但積蓄有限，而且還得拮据用度，就怕入不敷出。團體解散後，我有很長一段時間都沒工作，不但搬出了好房子，甚至連車子都賣掉，改換成現在的二手機車，倘若不是一個偶然的機會，認識了兔老闆，蒙他賞識而給我一個工作機會，只怕我現在還得流落街頭。

「我覺得你是一個很棒的音樂人，你寫的歌雖然不多，但每一首都讓人聽來很有感覺，我喜歡你在歌詞裡表達的那些細膩情感，也喜歡聽你唱歌的聲音，這些都跟我回台灣之後，聽到的很多流行音樂不同。對我來說，那是一種很有生命力的感覺。」我想起那天早上，陪藝晴到附近的捷運站，在入口處，她停下腳步來對我說話，「不管怎麼樣，你都不要放棄夢想，要繼續寫更多更棒的歌，好嗎？我保證，只要你有出專輯，我一定每一張都買。」

「現在我的生命力就快消散殆盡了，拜託妳趕快回家，好讓我也回去睡覺，好嗎？」我打著大呵欠，眼睛幾乎都快睜不開，但還是忍不住叮囑交代，要她以後不能再到店裡來，更不能半夜還在外面逗留。

「可是我還想見到你。」

「這番好意我就心領了。」我哼哼連聲，直接把她推進了入口。

出專輯？妳以為這三個字背後所代表的是什麼意思？一張專輯的製作，背後包括了多少人力、物力以及財力的集中，還要多少人貢獻智慧與創意，並且發揮專業本領才可以完成，而完成之後，還得面對銷售的考驗與壓力，這根本不是小孩子一句期待的話語就可能因此而實現的。我搖頭，比起夢想之類的不切實際的話，我更在意的是房東打來的兩通電話，第一通是我在走路，沒注意到而漏接，但第二通我則是不敢接，因為房租一個月要近萬元，這筆錢付出去後，我下個月要拿什麼當飯吃？

所以儘管兔老闆的話很有點啟發，藝晴天真的心願也讓人頗生感觸，但我還是不能丟下自己迫切的民生問題，不能跟自己需要的生活費過不去。

「幹嘛心不在焉的？今天沒看到你的小歌迷，心裡很失望是嗎？」唱完了慢歌時段，緊接著樂團即將登台，我剛從廁所走出來，想要好好休息一下。這短暫的十五分鐘空檔，是讓喉嚨暫歇片刻，同時也是讓自己稍微調整情緒的轉折，我得拋去剛剛那個深情王子的形象，轉而釋放出狂放的另一個自己。不過老天爺沒給我獨處的機會，先是胖虎走過來調侃了兩句，跟著醜貓戲謔地問：「怎麼樣，台下沒有心愛的女人，是不是讓你有點空虛、有點寂寞還有點冷？」

瞪了他們兩個一眼，我懶得抬槓，其實也有些心虛，之前接連幾次都有死忠的小歌迷來捧場，那種被期待的感覺確實讓人有幾分虛榮，然而今天從傍晚起就一直下著雨，店裡店外同樣冷清，再加上我已經慎重告誡過，她當然不會出現，卻因此讓我有些失落。

不理會那些傢伙的嘲諷，我拎著香菸跟打火機往外走。不如到外頭去吧，站在屋簷下抽根菸也不錯，總好過悶在吧台邊的椅子上。一邊想，我跨出腳步往外面去，繞過座位區的小欄杆，推開具隔音效果的沉重木門，也穿過販賣入場門票的玄關，正打算打開面向外頭的黑色玻璃門，結果手還沒摸到門把，它卻先被推開，還差點撞上我的鼻子。

「妳怎麼……」一見到她，我忽然愣住。是我交代過的那些都被當成屁話了嗎？為什麼叫妳不准下床，妳就偏愛在地板上走來走去；叫妳趕快睡覺，妳就非得聊起那些八百年前的往事；而我叫妳不准再來，結果妳冒冒失失地用力推門，踩進來的第一腳，就那麼要死地剛好踩在我的腳背上？

「這給你，晚上表演要加油喔！最近被我媽禁足了，不能在外面待太久。等我假釋出獄再來找你，加油！」笑嘻嘻的，將一個小紙袋往我手裡塞，藝晴揮揮手，轉身又往外頭跑去。我納悶地追出來看時，她正好又坐回計程車的後座，還隔著窗戶對我揮手道別。

禁足？假釋？我還沒搞懂，打開紙袋，裡面裝滿各式各樣、不同品牌也不同口味的喉糖，有硬糖軟糖，還有枇杷膏，此外在紙袋的最底下，另外附有一張小紙卡，上面寫著：

「不管唱不唱歌，我都希望你想起我，就像不管我見不見得到你，我都想到你。要保護喉嚨，還有很多歌，我想聽你為我而唱。」

我這一生中所唱過最美的歌，是妳為我寫的一首。

坦白說，對於照顧別人的能力，我自己多少是有一點自知之明的，因此或許妳也已經感覺得出來，在我們這個看似寧靜，但奔波勞碌的生活中，我是多麼地愧疚與不捨，竟不能時時刻刻，可以看見妳眼神裡的，我的倒影。只是我也在想，究竟是誰做了什麼樣的安排，又或者是如何的因果注定，這一生，會是妳與我相依為命，讓我們緊緊相依著？

那些因為愛而生的，因為愛而起的，好漫長的故事，都深深刻在我記憶的最深處，有些鮮活的畫面，甚至經常在我眼前反覆上演，一切就如同昨日一般，我忍不住讓那些過眼的畫面，與眼前的妳，彼此形象重疊，然後赫然發現，原來一樣都是這麼地美。如果人生能有再一次倒轉，我相信自己會做的，始終都是同一個選擇。

後來我把喉糖都分給店裡的人，至於那張小卡片則帶回家來，擱進了紙箱裡。這已經是第三只紙箱了，跟前面兩箱一樣，都裝滿一大堆零零總總的東西，那些全都是歌迷贈送的小禮物。每次收到那些東西，我會稍微過濾一下，有些日常生活中確實用得著的，比如杯子或圍巾之類，我會真的拿出來用，但如果只是卡片、海報或一些連擺在桌上都嫌浪費空間的小禮物，那就通通往箱子裡塞。前幾年我很常收到這些東西，但隨著後來各種演出機會減少，我的名字慢慢被流行樂壇所遺忘，當然禮物也就逐漸變少，第三只箱子至今都還裝不到一半，我看要等它滿出來，只怕是遙遙無期。

沒有工作的時候，我喜歡賦閒在家，只是今天老有些心神不寧，就跟外頭的天氣一樣，都入秋了，天氣依舊很不穩定，明明早上還有大太陽，然而一到中午就烏雲密布，跟著居然下起大雨。

為了這場雨，也為了幾句怎麼想都寫不好的歌詞，午餐時間足足比平常拖延了快兩個小時，最後終於耐不住飢餓，我掏了櫃子裡的零錢，順便抓了把傘，走下樓來，晃到附近的便利商店。本來腦袋裡盤算的，是涼麵與咖哩飯的如何選擇，但才剛走到店門口的騎樓下，店門開啟，午餐要吃什麼，瞬間就不再是我的問題了。

「我就知道自己沒走錯，剛剛繞了半天，還以為迷路了呢！」興高采烈的，藝晴說她剛剛跑進店裡去問路，想知道四十八巷六弄到底在哪個方向，但店員一臉茫然，根本不知所云，害得她懊惱不已。

「四十八巷就是妳現在站的地方，至於六弄，則在妳左後方，那條更小的巷子就是六弄。」我瞄著她，沒想到才來過我家一次，她不知何時就偷偷注意到了樓下的門牌，還自己找了來，「這位小朋友，今天不是週休假日，也不是什麼節慶假期，而現在才下午兩點半，請問妳為什麼在這裡？」看著她身上還穿著高中制服，我說：「如果妳是翹課跑出來，那請妳現在立刻回家去。」

「我可是光明正大來的，才不是你以為的那樣！」她立刻嘟起了嘴，說今天剛結束月考，也結束了禁足令，總算重獲自由。跟著我又走進店裡，聊起禁足的理由，她只是聳聳肩，說那其實也沒多麼大不了，甚至只是一件習慣就好的小事。

「妳經常被禁足嗎？」

「在加拿大的時候比較常發生，回台灣以後，這倒是第一次。」說著，她要我放下手中剛挾起的熱狗，說那東西含有亞硝酸鹽。

「妳念什麼科系？」瞄了一眼她的書包，那是一所台北還算有名的私立職校。

「家政科，很厲害吧？專門教你怎麼當一個良家婦女喔。」說著，她又要我把剛拿起來的泡麵放回架上，說那有防腐劑。

「月考剛考完，妳都沒朋友可以約著去玩嗎？有個韓國天團剛到台灣，我早上還看到新聞，一堆小女生都急著跑到機場去迎接，比媽祖遶境還熱鬧，妳為什麼不去？」

「我聽不懂韓文，也不想跟別人一樣，只會追著流行跑。我有我自己的品味，也有我自己的選擇。」說著，她直接從我手中拿走了龍蝦沙拉御飯糰，擺回冷藏架上，說：「這種東西一定不夠新鮮，能不吃就盡量別吃了吧？」

「到底是想怎樣啦！」然後肚子真的非常餓的我就生氣了。

最後我在便利商店裡什麼都沒買，卻到隔壁的麵攤吃完一整碗滷肉飯。而她始終笑吟吟地坐在旁邊陪著，直到我碗底朝天，起身付帳，眼看著雨也停了，這才亦步亦趨又跟著我，要往我家的方向走。

「捷運站的方向是那邊，」我指指反方向，說：「我家不是公共場所，也沒賣參觀的門票。」

「可是我還有話想跟你說。」她很習慣性地嘟嘴，殊不知這對我一點屁用也沒有。

「孩子，妳聽好，」我長嘆一口氣，掏出香菸來點上，吸了一口之後才說：「我很感謝妳對我的支持，也很開心能在這麼不紅的時候，還有妳這樣一位不離不棄的歌迷。可是妳要知道，歌手跟歌迷之間，是應該保持一個適當距離的。並不是我高高在上，也不是我非得拒妳於千里之外不可，而是因為妳有妳本來的生活，我也需要自己的隱私，我們無論以什麼樣的關係或角度來認識彼此，也都應該留給對方足夠的自我空間。就像我不會纏著妳，要妳帶我到妳家去玩一樣，妳也不應該在未經我允許，或者在我沒提出邀約的情況下，擅自決定要來我家作客，這樣妳懂了嗎？」

「那你什麼時候會邀請我？」她非常認真地問，我卻差點想掐死這死小孩。根本不管我一整個長篇大論所要表達的，她只關心自己哪時候能來我家的問題而已？

「現在不會，暫時不會，以後可能也不會。」於是我只好擺出強硬態度，本以為這樣就可以讓她徹底死心的，沒想到瞪了我半天後，她忽然迸出一句話，問我是不是很討厭她。

「這不是討厭，我只是想保持我們之間應該有的距離，妳懂嗎？」

「不懂，我真的不懂，我只是想跟你當朋友，為什麼你就是不願意？」才幾句話而已，她眼眶已經泛紅，這麼優秀的演技可讓人不禁佩服了起來。她說：「我在加拿大沒有朋友，我在台灣也沒有朋友，我唯一想認識的人就只有你呀，為什麼你卻連一個機會都不肯給我呢？」

在那瞬間，我心裡閃過千百句髒話，早知道不要囉嗦那麼多，直接把她攆走就好，還可以省下一堆講廢話的口水。現在可好了，麵攤老闆娘滿臉納悶，還站在店門口看熱鬧，便利商店的店員也假借掃地，故意在騎樓下欣賞這齣好戲，而我這個倒楣的主角卻只能啞巴吃黃蓮，滿肚子都是有理說不清的無奈。

「好，我們是朋友，我們來當朋友，好嗎？」我壓抑住想一拳揮過去的念頭，強忍著脾氣，說：「既然是朋友，那就得互相尊重才行。我很感謝妳大老遠跑來探望我的好心，可是妳也要尊重我的工作，我現在要回家寫歌，好嗎？如果妳很想去我家玩，那請妳挑個適當的時候，也有很棒的理由可以約我了，然後再來，好嗎？」

「這可是你說的。」她總算接受了我的意見。

「對，這是我說的。」我幾乎全身都快虛脫了。

「那下次等我挑到一個好時機再來，你可絕對不能再趕我走。」

「我一定會泡杯咖啡請妳喝。」我點頭。

只見她伸出手指要打個勾，於是我也萬分無奈，只好陪著舉手，當小指交扣的瞬間，屬於年輕女孩手指的稚嫩觸感傳來，我看到她眼睛裡有亮麗的光彩。

我們約定的，原不只是一次見面，而是一個故事的開始。

等一個適當的機會再來訪，什麼機會能算是適當的機會？醜貓問我，是不是要等人都死了，躺在棺材裡了，她再前來弔唁，這樣算不算適當機會，而我側頭想了想，說這樣也好，起碼我不用聽她再講那些幼稚無知，還刮刮雜雜個沒完的話。

把她打發走了以後，我確實清靜了幾天，但一首歌則是無論如何也寫不出來，那麼多和弦、那麼多音符，湊不出一段完整的旋律，連歌詞都寫得亂七八糟，我根本不曉得自己到底想表達些什麼。

囫圇吞棗地結束了一整晚的演出，比起平常的例行公事，我今晚顯得更加意興闌珊，儘管台下的酒客們未曾發現，他們照樣歌舞昇平，但我自己心中雪亮，今晚的演出其實是很不敬業的，不但有好幾個高音都沒一鼓作氣唱上去，改用假音來替代，甚至有幾首歌，我根本就唱錯詞了，稀里糊塗帶過，居然也沒人注意到。

會這麼心不在焉，是因為今天傍晚出門前，我好不容易把一首本來還寫不完的歌，硬是湊出了幾句副歌的旋律，自己不斷哼唱，總覺得還有些地方可以修改，然而上班時間在即，已經不容許片刻耽擱，以至於後來的整晚，我心裡老是被困擾著，只想趕緊結束工作，回去把曲子繼續改完。

「待會有朋友約著消夜，去不去？」剛結束演出，新兵衛迫不及待湊過來，從他一臉淫笑的樣子，就知道所謂的朋友，絕對不是那種單純的友誼關係。

「免了吧。」我苦笑搖頭。

「你老是把自己關在屋子裡，是能寫出什麼大場面的東西來？出來開開眼界，放寬一下心胸才是重點。」醜貓跟著加入遊說團隊，他說：「大千世界，五光十色，那才是真正的人生。千萬別再惦記那個發育未完全的小女孩，記得，有些犯法的事情不能做，尤其你也算得上是公眾人物，要愛惜羽毛，好嗎？」

「你替我多吃點消夜，也幫我跟你朋友們問好。」我先拍拍新兵衛的肩膀，又轉頭對醜貓說：「至於你，你去死吧。」

其實我老早已經忘了藝晴，只是忘得不太徹底。因為她說過的幾句話，似乎在我心裡真的起了點作用，才讓老是被唱片公司擋在門外的我，重新又燃起寫歌的欲望。可是一旦開始動腦工作，很多我對生活周遭所應該有的注意力就跟著全部癱瘓失靈，整個拋諸腦後。

不說別的，今天一到店裡就被兔老闆先叨唸了一頓，因為我忘了換衣服，身上只有一件印著唐老鴨的舊上衣，雖然不至於穿著拖鞋上台唱情歌，但我鬍子沒刮，頭髮也沒梳，甚至連歌本都忘了帶，最後只好跟店裡的員工先借了衣服換穿，至於唱什麼歌，則全憑記憶中所能搜刮到的，可以整首歌都背得下來的那些。

機車騎得飛快，穿梭在深夜時段的台北街頭，一邊吹著夜風，我忍不住哼了起來，這首新歌的速度不算快，但應該可以透過醜貓他們，再重新改編速度與樂器的表現內容，屆時說不定可以做出兩個版本，一首是我自彈自唱的輕慢版，另一首則以樂團形式呈現。我想多用幾個半音，讓旋律起伏當中增添一點迷離氛圍，但半音的運用實在是一種令人頭痛的技巧，少了就不到位，多了又跟鬼片配樂沒兩樣；副歌暫時還是維持在十二個小節就好；儘管我偏愛的是D調的曲子，但這種調子的歌好像已經寫過不少，唱片公司又不青睞，也許我可以稍微降一下，改成C調也可以？可是C調會不會太芭樂了一點呢？腦袋幾乎沒有停止運轉，飛快到家，我連安全帽都來不及脫，把車子停在距離公寓不遠的路邊停車格後，一邊還在心裡唱著新歌，一邊快步往巷子裡面走，結果一轉進巷弄，卻看見了我這陣子最不想看見的那個人。

「現在是凌晨十二點四十分，按理說，這不是一個妳應該出現的時間點。」想必臉色一定非常難看，我的語調也跟著嚴峻起來。

「但你知道今天是什麼日子嗎？」她可從來沒把我的臭臉給看在眼裡過，一樣是非常可愛的裝扮，居然穿著藍色吊帶褲，頭上還有一頂鮮黃色的小帽子，再加上鮮紅色的帽

T，儼然是從兒童節目裡走出來的樣子，全身上下繽紛到不行。臉上帶著雀躍，她說：「別趕我回家，今天我媽不在，露西大概也偷跑出去玩了，我身上沒有鑰匙，可是回不去的。」

「妳回不去，但也不能硬要來我家過夜吧？」我有點焦急，有點厭煩，甚至是有點生氣。

「你不想收留我的話也沒關係，我上網路查過了，你家附近原來就有一間麥當勞，我可以去那裡喝咖啡，等天亮再回家。」她倒是一點都不擔心會被我驅逐出境，彎下腰，我注意到她腳邊原來有個小紙盒。

「如果妳只是想送個禮物，為什麼不等明天再來？」我皺眉頭。

「因為這禮物不能等。」她笑著，把紙盒蓋子揭開，我看到一個很精緻的小蛋糕，上面有滿滿的奶油、巧克力、水果，以及用果醬寫就的兩個英文單字，那瞬間我才恍然大悟，是了，已經過了十二點，又到了這一天。

「妳怎麼知道是今天？」伸手不打笑臉人，況且也再沒了生氣的理由，我肩膀一垮。

「第六期的《星新聞》裡面就有寫呀，十月八號生日嘛。我還記得上面是這麼記載的，你說自己小時候很少吃蛋糕，後來長大了，就變得非常喜歡過生日，因為只有這一天，可以肆無忌憚，把蛋糕上面所有你喜歡的東西都吃掉，而且你……」

「夠了夠了，拜託妳停一停。」我真佩服她的考據能力，趕緊揮手阻止她繼續講下去，再看一眼她今天的穿著打扮，忍不住冷笑一聲，說：「比起這個蛋糕，我看妳更想把自己裝進紙盒裡面，當成禮物送過來，是吧？」

「如果你願意收下的話，我會去找個大紙箱的。」她居然還點頭。

「可能妳剛從加拿大回來不久，對台灣的消費者保護法規也並不是那麼清楚，但其實，在七天鑑賞期之內，我們都可以擁有自己應受保障的權益，妳懂嗎？」其實我是感動的，感動到連眼淚都快流下來了，認識的朋友那麼多，卻沒人記得我今天過生日，唯獨藝晴在八百年前出版的八卦雜誌上看過專訪，牢牢地記在心裡，還買來一個生日蛋糕要請我。

「什麼權益？」她很誠懇地問。

「七天之內，對於自己不喜歡或不適用的東西，我們可以大方說出一個『不』字。」我藏好自己的感動，擺出冷漠的表情，說：「蛋糕我就勉強收下了，至於妳……」我上下打量了這個人體調色盤幾眼，「不好意思，我可以要求退貨嗎？」

這世上有些東西是不能退貨的，比如情感。

「以前哪，在第一張專輯發行前，那時都還在籌備階段，我們就常聽公司的同事們在聊，說哪個歌手收到什麼特別的生日禮物，歌迷們多麼用心去準備，禮物多到要用小推車來拉，聽著聽著都覺得誇張跟離奇，等自己真的站上舞台了，就巴不得生日快點到，想知道自己能收到些什麼東西。」望著搖曳的燭光，我看得幾乎出神。

「後來收到了很厲害的禮物嗎？」藝晴問。

「哪有什麼厲害的東西？」我不禁笑了出來，下巴朝著牆角的紙箱一努，說：「也不過就是那些而已。可是每一張卡片、每一封信，我都很認真地讀完，有的甚至還會回給人家。那時候覺得很滿足，自己跟大多數人一樣，都具備唱歌的能力，可是別人唱歌只能自娛，我唱歌卻可以感動別人，還能賺錢，這是一種多麼特別的感覺！而我好不容易盼到生日，果然也收到了來自四面八方的祝賀，但我其實完全不認識那些人呢。」說著，我搖頭，微笑也轉成了苦笑，「現在想想就覺得挺荒謬的，像在作夢一樣。」

「但你還是開心的，對吧？」

「當然開心。」我點頭，「但隨著銷售量下滑，慢慢被人家所遺忘後，這幾年偶爾再過生日，我忽然才明白，原來生日一點都不重要，收到的所有東西，其實都只是不斷在提醒我，要為了寫那些祝福的人們繼續努力而已；但妳不知道，或許在別的領域裡，我們可以決定自己要付出多少努力，來回報這些一直投以期待眼光的支持者，但在唱片這一行，卻不是自己可以說了算。」我說：「比起為了別人的眼光與期待而活著，我覺得好累，還不如像現在這樣，沒人記得我的生日，我也不需要理會別人的想法，像一隻下水道裡的蟑螂，卑微但是自在地活著就好。」說著，我又笑了，「沒有人會在意蟑螂心裡想什麼，妳說是不是？」

「當然不是，」本來聽我說話，一直跟著點頭的藝晴忽然持反對意見，她義正詞嚴地說：「如果今天只有你自己一個人在慶生，那你就可以繼續當蟑螂，搞不好明天還會被踩扁在馬路上。但問題是，你不是自己一個人呀，這個蛋糕可是我買的，而且蠟燭都快燒完了，你到底哪時候才要吹熄它？」

我大笑了出來，趕緊先吹熄了燭火，藝晴說：「我姑且便宜你一次，用這樣的方式來計算好了：生日一年一次，每年一到生日前夕，一切就全都歸零，重新算起。那麼，今年打從你生日的這一天起，接下來的一整年，你就都擺脫不了我，因為蠟燭你已經吹了，蛋糕你也已經吃了。按照你自己的說法，就是已經接受了我的祝福，理所當然也得背負起我的眼光與期待。」

「蛋糕我還沒吃……」我搖頭，正想辯駁，但藝晴的手指在蛋糕上一蘸，跟著迅捷地朝我臉上劃過，一整坨奶油立刻糊上我的嘴角。

「不，你已經吃了。」她「哼」了一聲。

第二次來我家，反正就算我限制活動範圍了，她也不當一回事，所以這回乾脆任由她在屋子裡晃來晃去，一邊欣賞那些害我存不到錢的各種玩具收藏，一邊又伸手摸摸樂器，也翻翻桌上的樂譜。

「原來電吉他如果不插電，根本就發不出聲音哪。」像在自言自語般，伸手撥撥琴弦，然後她又按了幾下編輯器上的琴鍵，還問我這個電子琴是不是壞掉了。

「它沒壞，只是一樣沒插電而已。」我翻了翻白眼，向這個無知的小女孩解釋。

「插電就可以彈了嗎？」

「妳還得另外接上音箱才行。」我告訴她，編輯器與一般電子琴的最大差異，就是電子琴已經內建擴音喇叭，插電就能玩，但編輯器的音色編輯功能非常強大，它的作用主要就是在這些音效的建構，而不是單純只為了當作鋼琴來用而已，此外，如果不接音箱，是聽不到它的聲音的。

「真是一種麻煩的東西，看樣子我還是吃蛋糕好了。」她點點頭，大概是放棄了，轉身又坐回來。

藝晴說她與我不同，從小到大，在家裡常有一種不受重視的感覺，因此當家人每年難得一次為她慶生，她總覺得格外珍惜，慶生這件事，總讓她很有存在感。

「妳家就妳一個小孩，還這麼缺乏存在感嗎？」我嗤之以鼻，「難不成非得要全世界的人都把妳捧在掌心裡，這樣才叫作重視妳？」

「哎呀，你不懂啦。」居然說我不懂？藝晴根本不想跟我多討論這話題，她才吃了兩口蛋糕，注意力又立刻飄走。逐頁翻著我的歌本，翻著翻著，忽然想到什麼似的，轉身去拿自己揹來的大包包，從那裡面抽出一個資料夾，跟著掏出一張紙來，遞到我的面前。

那當下我真的傻住了，一張複印過的白紙，上面還加了護貝，而我非常熟悉紙上所寫的內容，因為那就是一張我的樂譜，而且還是手寫的，那首〈藍色翅膀〉。

「妳哪來的這東西？」我詫異萬分。樂譜原稿明明就在我的舊歌本裡，平常根本不會拿出來，怎麼會有一份拷貝流落在外，還到了她的手上？

「很驚訝吧？」她捧著那護貝的歌譜，笑著說：「這可是我的寶貝唷，從加拿大特地帶回來的，為的就是這一刻。」說著又從包包裡拿出一支螢光金色的墨水筆來，問我能不能幫她簽名，「這個是從唱片公司的網站上面，我特別抓下來的圖檔，還把它印出來，然後護貝。」

我一邊驚訝，一邊回想，是了，好像真有這麼一回事。發行第一張專輯時，唱片公司為我們做過一些線上的宣傳，記得當時好像就有跟我索要過創作的原稿圖檔，要放在網路上聊添花絮。那時我還有些赧然，因為原稿這種東西，通常都不是很方便公諸於世，畢竟上面塗塗改改的痕跡太多，文字也寫得歪歪斜斜，但唱片公司的企畫就是看中這一點，還說這樣才叫作原稿，才有藝術感。

「很可惜，雖然有這張樂譜，但是我完全不懂音樂，也不會玩樂器，所以無法照本宣科來演奏，只能一直反覆聽唱片而已。」她把東西遞到我面前，說：「一個蛋糕換你一個簽名，便宜你了。」

我哈哈大笑，卻不接過，轉身走到書桌前，在架上搜尋了一下，就在最邊邊，找到那個收滿了我創作手稿的資料夾。太久沒拿出來了，褐色硬皮上滿是灰塵，我先抽張衛生紙揩了揩，這才小心翼翼地掀開，但還是掉出了不少張隨手塗寫的紙片。把那些跟垃圾也幾乎沒有差別的紙片先擱一邊，我繼續翻找著夾在活頁塑膠套裡的資料，好半天才從當中又搜到那張原稿。

一模一樣，差別只是藝晴的那一張是拷貝，還加了保護的護貝，而我這張因為時間久遠，又沒有防潮處理，所以斑駁泛黃，紙角都破損捲曲了。

「送給妳。」我說：「什麼叫作原稿？這才叫作原稿。」

「送給我？」瞪大雙眼，不敢置信地看著我，猶豫著要不要伸手來接，藝晴問我：

「你把原稿給我，那自己怎麼辦？要表演的話不就沒得看了？」

我微笑，指指自己的腦袋，一首寫完多年的曲子，早唱過了千百遍，我都在曲子上面加油添醋了不曉得多少，哪裡還需要一張只具備歌曲原型的原稿？

「這張紙換妳一個蛋糕，現在看是誰佔了誰便宜？」我笑著說。

所謂的一本萬利好生意，就是我送東西給妳，然後我娶妳，最後妳跟那東西都還是我的。

雖然意外獲得一個蛋糕，讓人心裡感動不已，但一整晚只吃這樣的東西，還是讓人腸胃酸湧，非常不舒服。我在應全場這唯一一位聽眾的要求，拿起牆角的木吉他，輕輕地彈唱了一首木吉他伴奏版的〈藍色翅膀〉之後，就覺得自己都快吐了，非得要吃點鹹的東西不可。

外面天色已經漸亮，熬了一夜沒睡，她看來精神還不錯，但前一晚有工作的我卻已經呵欠連連。走到便利商店，吃了幾支關東煮，藝晴忽然問我，是不是正在寫歌。

「『寫歌』這兩個字太沉重，不如說是塗鴉。」我聳個肩，本來昨天傍晚就是為了寫點東西，上班差點遲到，後來一整晚都在跟她鬼混，工作當然也沒有進度，譜紙都還攤開在桌上，藝晴當然也看見了。

「寫歌好像很有趣。」她問：「很難嗎？」

「說難也不是很難，但起碼妳得稍微懂一點樂理，也要稍微了解一下台灣的流行音樂大概都在做些什麼樣的東西，知道了以後，才會比較好進行。」我又想了想，說：「練習寫歌之前，最好多聽一點別人的作品，這大概跟寫作文差不多，就是試著在精神上、架構上先抄襲別人，然後再發展出自己的風格。」

「果然很困難。」她皺眉頭，「你說的這些我完全不會。」

「所以妳負責買唱片就好，請支持正版。」我大笑。

早上六點，我們慢慢走到已經開出首班車的捷運站，不比上次被我趕進去的無辜與可憐，她這回站在階梯上，臉上還有開心的笑容，問我：「那我們現在可以算是朋友了吧？」

「勉強算是吧。」原來處心積慮來幫我慶生，為的還是同一個目的嗎？我苦笑點頭。

「嗯，那就好。」她滿意地點點頭，說：「你可以不要愛情，但總不能不要朋友。」

「可是我老覺得這個朋友其實心懷鬼胎，居心不良。」我瞄了她一眼。

「是呀，所以你有空的時候、寫歌寫累了的時候，不妨還是好好考慮一下，我其實是個很賢慧的女生。」她不但沒有臉紅，還滿是驕傲地說：「選擇我，將是你一生最幸福的決定。」

「妳還是趕快滾回去吧。」我「呸」了一聲，用以回敬她對愛情的執著與勇敢。

臨走前，她又一次打開包包，這回掏出的是個縫製非常精緻的小布偶，而且一看就知道完全是仿造她自己的模樣所製作的，用黑色毛線替代長髮，還穿著藍色吊帶褲跟紅色上衣，也用油性筆畫上眉毛，簡直就是眼前這女孩的縮小版，尤其是兩顆小黑釦子所代表的眼睛，以及點在黑釦子上頭，象徵眼睛光芒的修正液圓點，很有她大眼明亮的朝氣。

「這才是最重要的生日禮物。」她把小布偶交到我手中，說：「它會陪你工作、陪你吃飯、陪你睡覺。」

「要不要順便陪我洗澡跟大便？」我苦笑。

「瞎子都看得出來，這沒有防水功能，好嗎？」她沒好氣地瞪我一眼，又補了一句：「而且這是贈品，不能退貨。」

電話中，小箏跟我交代了些細節，甚至還主動請纓，要陪著一起去，但我笑著婉拒了，怎麼一副當我是個完全沒經驗的新人似的？很想跟她說，我于映喆在流行樂壇風風光光的時候，妳梁霈箏都還不曉得在哪裡呢，哪時候輪得到妳來指點我啦？

不約在公司，而是選在對方公司樓下的咖啡店，我穿著輕便的衣服，只維持在最舒適而整潔的模樣就來赴約。這一帶曾經是我很熟悉的地方，也曾是我經常流連的場所，但幾年下來，很多店家都不在了，取而代之的是更多更新的店面，就連這家咖啡店也是，原址本來是一家茶餐廳。

「好久不見。」面帶微笑，小武先陪我在櫃檯前點了飲料，又招呼著坐下。記得上次見到他，他還只是個剛進公司不久的小夥子，怎麼幾年時間而已，一下子老了這麼多，連鬢角都白了？

「怎麼，工作壓力很大嗎？」我半開玩笑地指指，而他伸手搔了一下頭，笑說何只是鬢角發白，現在髮量都比以前少一半，差不多就要展開搶救禿頭大作戰了。

「這麼誇張？」

「不是在跟你開玩笑，這幾年台灣的唱片市場變成什麼樣子，你也是親身體驗過的人，一張唱片不管做得再好、花再多錢宣傳，結果呢？攤在桌上的，永遠都是那麼難看的數字。表面上，人家以為我們很風光，事實上則是半夜躲在棉被裡偷哭。」一長串抱怨，小武滿是苦澀地說：「隨隨便便就能打造一個天王或天后的時代已經過去太久了，我們錯過了那個躬逢其盛的光輝歲月，現在則是連順風車都沒得搭，撈不到油水不說，不賠錢就很偷笑了。」

我點點頭，這些話儘管有點誇張，但其實也是大家都知道的現況，當許多原本稱霸歌壇的天王天后都開始逐漸走下坡，其他的二線歌手就更難有出頭機會了。

「你今天不是來聽我吐苦水的吧？那麼久不見，連一通電話也不打，怎麼樣，是打算連朋友都不要了嗎？」笑著，他伸手摸摸桌上的菸盒，差點就想在這裡點上一根。

「你都已經忙到連頭髮都快掉光了，我平常沒事的話，怎麼好意思讓你更頭痛。」我也帶著微笑，說：「本來也只是寫寫玩玩，但是小箏就很堅持，你也知道她那個人的個性。」

我努力把話題帶到今天的核心，雖然開門見山的，小武已經告訴我，這年頭的唱片業有多麼慘淡，然而我人都來了，還把小箏的名號也抬出來了，不管怎麼樣，小武總得看在當年合作過，以及小箏的面子上，給我一些意見才對。

「她那個人呀，太做自己了。」搖搖手，做出一個莫可奈何的表情，小武說：「不按牌理出牌固然可以營造出自己的特色，卻也常給公司添麻煩，你看她最近接那幾場私人性質的演出，把自己行情都打壞了。」

我只是點點頭，這些不是今天要關注的重點，而小武見我沒答腔，也很快結束了話題。他手抓著打火機，在桌面上輕輕敲了幾下，沉吟片刻後，問我：「小箏寄給我的那些曲子，我都聽過了。有些當然還不錯，應該也有碰到市場需要的點，後續如果可以再修飾一下，大概都沒有問題。但我想問你，這些歌你打算怎麼處理，有沒有比較具體的想法？你還打算自己唱嗎？」

聽見他最後一句話裡帶著一個「還」字時，我很快就會意過來，這些歌當然有機會透過他們公司來製作發行，但有一個前提，就是誰來唱，這一點恐怕不能由我決定。

「我無所謂。」聳肩，我說：「你認為呢？站在以專業為優先的立場考量，我想聽聽你的意見，也許可以是未來的重要參考。」

「嗯。」顯然很滿意於我的低姿態，小武清了一下喉嚨，又喝了口咖啡，這才說：「是這樣的，小箏交給我的曲子一共有六首。不只我聽過了，公司裡其他幾位也都大致了解過內容，經過討論，基本上有四首是比較順的，我們就先談談這四首歌好了。」見我點頭，小武翻開筆記本，上面已經記載了歌名，以及好幾項說明要點，「四首當中，這兩首慢歌的旋律部分，大家比較希望可以調整的，主要都是在副歌的地方，這裡面用到的和弦變化稍微老派了一點，雖然可以透過編曲來改變，但主旋律如果你堅持不改，其實很難玩出新意來，我們的建議是，曲子原型既然還不錯，不妨就交給公司這邊來處理，徐老師對你的東西也頗感興趣，她應該會願意接手才對；至於另外兩首快歌，雖然沒有特別限定是男生或女生來唱，但從歌詞看來，這應該是男生的歌，是吧？」

其實我聽到這裡，光從小武他們對那兩首慢歌的盤算計畫，就已經幾乎要斷然起身，不願再聊下去，但這時總不好直接打斷，我只能耐著性子聽他繼續說：「如果是男聲，那可能還得再壓一下，公司旗下的幾位男歌手，或者團體組合當中，目前比較缺少唱跳的類型，不過沒有關係，因為這本來也就是我們現在極力在耕耘的方向，只是因為你自己恐怕也不是很擅長這種舞曲的創作，同樣有歌曲原型需要重新再整理過的問題，這個是我們現階段要先取得共識的部分。」

「連這兩首快歌也都要交給徐老師處理嗎？」我努力不讓自己的眉頭皺得太明顯，這位徐老師雖然是知名度頗高的創作兼製作人，但私底下惡名昭彰，我聽說過許多傳言，她以低廉價格收買了很多年輕創作者的作品，經過重新潤飾整理，最後卻冠上自己的名字。而那些可憐的創作者並沒有合約方面的法律知識，因為無處諮詢，又急著想闖出頭，只好任人宰割，把作品憑空賣斷，讓人佔了便宜不說，還因為被那位徐老師哄著簽下創作發表優先權的合約，結果連自己往後的作品都被套牢了。我在很久以前就耳聞這些八卦謠言，只是從來沒機會遇到這個人，更沒想到自己創作的東西會有交到她手上的一天。

「基本上應該都是。徐老師這幾年也帶出了不少位有志於音樂創作的後輩，你應該可以相信她。怎麼樣，有什麼問題嗎？」小武問。

「這件事……讓我再考慮一下好了。」我只能尷尬地苦笑。

只有一無所有的人，才真正明白還有什麼是不能失去的。

我跟小箏說了幾次抱歉，難得一回相約碰面吃早餐，沒有好消息可以聊也就罷了，偏偏講到工作，聊著聊著就提到小武所回應的那些話，小箏氣得拍桌子，拿出手機便要打電話找人吵架，我趕緊阻止她，「妳不打，我慢慢等，總還有機會等到把曲子賣出去的那一天，但妳這通電話要是撥了，只怕我這輩子都真的只能窩在兔老闆的小舞台上了。」

「那你接下來有什麼打算？」

「看著辦囉。」我臉上有輕鬆的神情，只是眼裡卻藏著失望。

其實根本不能怎麼辦吧？完全失去了興趣與信心，望著桌上還沒完成的新歌，我把譜紙揉成一團，丟進了垃圾桶裡。腦海裡還滿是小箏不住抱歉的話語，但我其實沒有絲毫責怪，畢竟她也是基於好意，想幫我尋找更多的機會，只是我們誰也沒想到，這些曲子不但沒有獲得青睞，甚至受到那些欺世盜名的假大師所覬覦，差點血本無歸而已。

所以我告訴她，不必為我難過，也無須因此而生氣，徐老師這個人，品格是差勁了點，但起碼她眼光還不錯，那麼多創作者的作品當中，她還願意對我下手，這基本上就可以算是一件值得開心的事情了。我用這些話來安慰小箏，同時也是安慰自己。不過我沒想到的是，除了我以為的當事人之外，還有另一個需要面對的人，而且這個更棘手。

「用這種移花接木的方式，把別人辛辛苦苦寫出來的東西占為己有，難道不怕被揭穿，也不怕毀了自己的名聲嗎？」聽我簡單說完事情經過，藝晴顯得非常生氣。

「第一，徐老師雖然把別人寫的東西冠上自己的名字來發表，但她確確實實，真的有付給原作者一筆錢，也算得上是銀貨兩訖。賣東西的人有賺錢，那個買東西的人把東西加工之後再轉賣，她也賺了錢，一切都很合理；第二，新人寫的東西再好，只靠自己名字去發表，只怕到死都沒有賣出去的一天，但是徐老師已經是前輩級的人物，由她掛名，確實比較容易受到關注，對新人來說，這就是進身之階，以後只會更有機會出頭，在自己闖出名號之前，讓徐老師占點便宜，其實也無傷大雅，甚至反過來說，還有給自己累積經驗的好處；第三，也就是最重要的，徐老師名聲本來就不怎麼樣，她根本不在乎會不會臭掉的問題。」我逐一解釋，又說：「一件天底下人盡皆知的事情，就沒有擔心是否會東窗事發的必要。」

「說的那麼好聽，那你為什麼要拒絕？」

「因為原則。」我搖頭，「我只想做自己認為對的事情。」

什麼是對的事情？儘管嘴裡說得冠冕堂皇，但我心裡卻不斷質疑著。這樣就是對的事情了嗎？當我手上拿著一張名片，上頭寫著另一家 Pub 老闆的手機號碼，心中不斷回想著，二十分鐘前，那位首度碰面的年輕老闆挺著一顆與年紀不相襯的肥肚子，笑著對我說出「歡迎」與「希望」之類的話語，並提出優渥的薪水，希望我到他們店裡去駐唱時，我真的感到茫然不已。

今天本來只在傍晚時段約了那位胖老闆見面，除此之外就別無行程，但中午才剛過，手機就已經響起，逼得我只好提早出門，一路直奔西門町。下午四點多，開始有年輕人正不斷聚集，我費了點工夫才找到被人群擠來擠去的藝晴。她手上提著好大一袋東西，裡面裝的全都是些讓我費解的雜物，她說去過我家兩次，已經觀察清楚，並且暗暗牢記在心，把應該叫我替換的東西都準備好了。

「這是什麼？」我從袋子裡拿出一個東西問她。

「裝肥皂的架子，可以擱在洗手台上，這樣比較乾淨衛生。」

「那這個呢？」然後我又拿出另一塊上面附著掛環的方形布料。

「這是擦手巾，有一個掛環，你可以把它掛在牆壁上，用來擦手。」她驕傲地說：「你看上面還有一隻小青蛙的圖案，這可是我親手慢慢縫的喔。」

兩個小時前，我就是懷抱著這種哭笑不得的心情，把東西接收下來，也跟她在速食店裡聊了些投稿唱片公司時所遭遇的不順遂，一直到我跟胖老闆約見的時間將至，這才把她支開，打發到附近去逛逛街，而胖老闆離去後，這丫頭也沒讓我發呆太久，很快地又跑回來，但奇怪的是手上什麼都沒有，居然逛了半天也沒買東西。

滿腦子都是些複雜思緒，我不想繼續待在鬧烘烘的店裡，提著那袋她自作主張幫我準備的日用品，一起走到街上。藝晴忽然問我，下次如果寫了新歌，能不能在投稿給唱片公司之前，先讓她稍微看看，也先試聽一下。

「為什麼？」

「因為我們這種年紀的消費者才是真正會花錢買唱片的大爺呀，你先把歌給我聽過，我就可以告訴你，這些曲子是不是符合消費市場的口味，也許還能給你一些意見。」

「我還需要靠你們這種小鬼來給意見嗎？」我嘲諷著說：「請問妳能給什麼意見？妳知道一首歌會用到幾個和弦嗎？妳知道藍調跟鄉村音樂的差別嗎？妳知道一個小節有幾拍嗎？你們這些只會在芭樂又狗血的情歌裡面，不斷愛來愛去的小鬼，是能給我什麼意見？」

「至少我可以分辨得出來，歌詞裡面講的那些愛情是不是真的，有些情歌根本不著邊際，只是無病呻吟，可是有些就寫得很真實，而且是真人真事。」她可不服氣了，嘟著嘴說：「就算我不懂音樂，不會寫歌，但起碼我也有因為一首好聽的歌曲而感動的能力吧？」

「妳以為那些號稱是真實故事改編的歌詞，就一定都是真實的？」我呸了一聲，「別傻了，孩子，那些八成以上都是假的，是唱片公司編造出來，賣給沒有大腦又不懂查證的記者媒體，然後再傳播給你們這些只會掏錢的傻蛋而已。」

被我這麼一搶白，她忽然愣住，跟著又問：「別人的就算都是假的，那你呢？難道你要告訴我，你所寫過的那些東西，也全部都是假的嗎？」

「對，都是假的，不管我寫什麼，都跟現在一樣，就只是為了賺錢而已。」我實在很懶得跟她說那麼多，甚至也非常後悔，早知道不該告訴她關於最近投稿不順利的事。心煩意亂中，我講話也跟著沒有遮攔起來，「為什麼寫情歌的人就一定要經歷過那些情歌裡面的故事？難道寫愛情故事的作家也都一定要談過那些戀愛？難道賣輪椅的人，每一個也都得坐在輪椅上不可？妳可不可以不要那麼自以為是，這世界不是妳以為的那麼簡單，有些藏在表面下的骯髒齷齪，是妳這種千金大小姐根本不會明白，也不可能體驗過的，妳懂了嗎？所以我拜託妳行行好，收起妳的天真善良，回到妳的象牙塔裡去吧，我所遭遇到的這些問題，妳既沒能力幫我解決，也不可能會明白我的心情，既然這樣，那就請至少不要再來煩我了好嗎？」話說得愈來愈大聲，吸引了鬧區裡不少路人的目光，而比我矮了一個頭的藝晴，她嘟起嘴巴，卻強著著眼淚，還用力瞪著我。

「看什麼看，事情就是這樣，不爽的話，妳可以滾開一點，我可沒叫妳非得跟我走在一起不可！」我恨恨地說完，滿腔壓抑的火氣全都傾洩出來，卻還意猶未盡，伸手到口袋裡，掏根菸出來，正想點上一根，狠狠吸上幾口，藝晴忽然伸出手，她先一把搶過我的香菸跟打火機，朝地上用力一摜，跟著又搶走我本來提在手上的那一大袋她送給我的日用品，也全都往地上甩去，東西散落了滿地，也嚇壞了幾個正經過我們身邊的路人。

「于映喆，我討厭你！」憋了滿腹委屈，藝晴最後迸出來的只有這句話，「我不要跟你當朋友了，我們切八段，我們絕交了！」說完，她狠狠地掉過頭，往人群集中的捷運站出口方向跑去，除了滿地亂七八糟的東西之外，我只記得自己清楚地看到，她轉身前掉落的一滴眼淚。

這世界，我不想讓妳走進來，就是怕妳以後只能哭著走出去。

剛過完生日，表示我今年已經二十五足歲，這年紀的我，所經歷過的人生雖然不算漫長，但確實也比同年齡的人多體驗過一些，在這當下，如果有誰來告訴我，說那些曾經讓我深深感動的情歌或故事，泰半都是捏造虛構出來的，那麼我或許會一笑置之，因為人世間大部分的事情本來就只是這樣，也沒什麼好大驚小怪，但如果我只有藝晴那樣的年紀，也許我也會跟她一樣，忘記自己置身在熙來攘往的西門町，整個人徹底崩潰。

這麼想起來，我就覺得自己真是爛透了。誰都可以告訴她，于映喆寫過的情歌只是瞎掰的，只是鬼扯的，要她趕快從憧憬與想像中清醒過來。誰都可以跟她這樣講，唯獨就是于映喆本人不行。

「我比較關注的，是那些東西後來怎麼樣了？」聽我自怨自艾地說完，兔老闆忽然問。

「什麼東西的後來怎麼樣？」

「肥皂架子，還有上面繡著公雞的擦手巾。」

「不是公雞，是小青蛙。」我糾正，然後懊惱地說：「她跑了之後，只剩下我還站在那裡，總不能東西掉滿地，我就這樣也跟著一走了之吧？」

「你還撿起來喔？」他咋舌。

「不然呢？亂丟垃圾是犯法的事耶。我不但把它們全部撿回來了，東西現在還全都擺在我家裡，在它們每一樣東西應該在的地方。」我告訴兔老闆，擦手巾跟肥皂架子理所當然擺進浴室裡，還有一塊腳踏墊，我把它連同兩雙新的拖鞋一起擱在浴室門口，此外，還有一些零碎雜物，也都擺放得非常整齊。

「為什麼拖鞋有兩雙？」

「因為一雙是她的，尺寸比較小。」我嘆氣。

聊了一下午，叨叨絮絮，其實也沒多少重點，今天店裡公休，我原本只是在家無聊，沒了寫歌的興致後，就怎麼也提不起勁去看看擱在桌邊的那些樂器。索性換上衣服，也不騎車，我搭捷運出門晃蕩，結果不知不覺又晃到這兒，恰好兔老闆站在店門外，給那些要死不活的裝飾盆栽灑水，兩個人才聊了起來。說到工作的事，他沉吟了半晌，說：「坦白講，人都是自私的，你偶爾到別人的店裡串串場，賺點外快，這也無可厚非，畢竟大家都得顧著自己的肚皮。但是你如果又回鍋當藝人，這個我可就很難由衷地支持你了。」

「為什麼？」

「就拿小箏當例子吧，她還在選秀節目比賽的時候，打進前十強之前，偶爾來我這兒表演一下，大不了就是每場一兩萬塊錢，頂多只是比別人貴一點而已，但現在呢？不要說價碼提高了，現在是捧著錢去拜託，都不見得能邀請她來唱一次，還得看她背後的經紀公司要不要點頭答應，你說我有什麼辦法？」兔老闆看了我一眼，說：「本來我叫你繼續寫歌，是想說你可以靠這個多賺點錢過生活，但要是哪天你回鍋當藝人，我都還不知道要不要打電話給你呢，搞不好電話打過去，你經紀人替你接起來，說如果想找于映喆去表演，一個小時五萬，如果只想跟他聊天，三分鐘算我八千塊，你說我該怎麼辦？」

我哈哈大笑，說：「你可以罵他髒話。」

兔老闆扯淡了好半天，眼看著天都快黑了，肚子也餓了起來，兔老闆還得忙著進店裡盤點，而我則打算到附近去覓食。離開前，他忽然又問我，如果再見到藝晴，兩個人會不會又吵起來。

「見得到再說吧。」我聳肩，說自己固然脾氣暴躁，但那丫頭的個性也沒好到哪兒去，被我這麼一氣，也許她回家的第一件事，就是把于映喆的唱片丟進資源回收桶，這輩子再也不想見到我。

「也是，畢竟你是一個徹底傷了少女純淨心靈的大爛人。」他居然點點頭。

「從頭到腳都爛死了的傢伙。」而我也點頭。

儘管我們都相信，人非聖賢，誰都可能無意間犯下一點過錯，在不至於傷天害理的程度下，或多或少是可以獲得一點被原諒的機會的，但話又說回來，是否要選擇原諒，那是被害人才握有的決定權，至於那個闖禍的，則只好乖乖在心裡懺悔，等候上天安排。

我就是懷抱著懊悔心情出門的，所以走在大馬路上，沒有瀏覽街景的興致，也沒有觀察路人的心情，甚至在抵達兔老闆的店門口之前，也完全沒注意到，今天是個艷陽高照的好天氣，而我還罩了一件短袖薄襯衫在身上權充外套，差點把自己熱死在台北街頭。

儘管肚子有點餓了，卻沒有特別想吃什麼的欲望，我只在便利商店裡逛了一圈，沒買任何東西，反倒是走出店外，下意識地搭上公車，在單排靠窗的位置坐下後，心裡還在想，這班車要去哪裡？是上車要付錢，還是下車要付錢，我怎麼都沒看清楚？傍晚時段，街上的車輛開始變多，每一站也都有乘客上下，每當公車的車門開啟，我總會稍微留意一下，但看來似乎還好，沒有需要讓座的老弱婦孺。這是一條我從沒搭乘過的路線，車子在市區東穿西繞，有些地方是我知道的，但更多時候則讓人感到陌生，一路緩慢行駛中，我望見窗外的天色已經開始變暗，本來頭靠在車窗上，有點昏昏欲睡，想掏出手機來玩玩，但又覺得無聊，如果要玩手機，我隨便找個地方都能坐下來玩個過癮，何必在搖晃的公車上，還得冒著暈車的風險？電話拿在手心裡，忍不住低頭瞄了一眼，而手指滑出了通話紀錄，藝晴的電話號碼就顯示在那兒，要打給她嗎？打去了又能說什麼呢？

好吧，其實我是想跟妳說聲抱歉的，對不起，我不該那樣對妳說話，不管是以朋友的身分，或者是以一個過氣歌手對待歌迷的方式，我都不應該講出那些讓妳在大庭廣眾下如此難堪的話來，這都是我的錯，請妳原諒我，好嗎？

我想這樣跟她說，但這個臉又怎麼拉得下來？我試圖說服自己，若干年來，也不是沒遇過那種非常主動想接近的女歌迷，而她們全都被我拒於門外，我有去跟她們說過一次抱歉嗎？沒有呀，那我為什麼要跟妳道歉呢？兩個人非親非故，我可從來也沒有拜託妳來當我朋友，那我幹嘛還要低聲下氣？我想這樣說服自己，但其實根本白費工夫，因為儘管表面上可以若無其事，但我就是怎麼也掩飾不了自己內心的罪惡感。我沒求她來當朋友，她當然也沒有因為喜歡一個歌手，就活該遭到對方羞辱的道理。

那這通電話到底要不要打？我的拇指幾乎就要碰到發話鍵了，但最後還是忍了下來。已經好幾天了，她都沒主動聯繫，也許還正生氣呢，這時候我要是打過去，說不定道歉不成，還會被這個心高氣傲的小女生給臭罵一頓。

七上八下了好久，也不知道車子到底開到哪兒，最後我決定乾脆還是放棄算了，與其在心裡矛盾掙扎，與其在公車上虛耗時光，我不如直接下車，走過馬路，去搭乘反方向的公車，回家前再買一手啤酒，直接把自己灌醉比較快。身體隨著念頭的萌生而動作，幾乎沒有猶豫，立刻伸手按了下車鈴，並且站了起來。我走到司機的後方，但也就在拿出悠遊卡的同時，心裡忽然一凜，下午搭捷運出門時，這張卡片裡面就已經沒錢了，而我在便利商店又忘記儲值，這當下卡片可是沒辦法使用的。眼看著公車即將到站，我不敢遲疑，立刻掏出錢包，裡面除了一張千元大鈔外，幸虧還有兩個十元硬幣。

「先生，你坐了兩段的車，要付三十元喔。」那個司機忽然瞄了我一眼。

兩段？有這麼遠嗎？我心裡還在嘀咕，這個記憶力十分驚人的司機大哥已經精準地說出我上車的站名，還自豪地說：「別以為我都沒在注意，這輛車上的每個人是從哪裡上來的，我可是全都看在眼裡呢。」

糗了，麻煩了，我在心裡叫了好幾聲苦，難道為了這區區兩段的公車票，我得損失一張千元大鈔嗎？公車到站，司機把車停下，回過頭來看我，同時也發現了我手中掂著那張鈔票。他臉上有興味盎然的表情，一副就是想看我該怎麼辦才好的表情，而與此同時，我背後有人走近，一隻手從我旁邊伸過來，感應器發出嗶嗶聲，人家有卡，卡裡有錢，可以很大方地準備下車，而我則卡在這裡尷尬到不行。

「如果你現在跟我說對不起，我就幫你省下九百七十元，否則你就認命點，心甘情願把那張千元鈔給塞進零錢箱裡。」我背後的那個人沒有走下車，卻用我極其熟悉的聲音，說出讓我驚訝不已的話來。

「快點決定呀，車上還有別的乘客，別耽誤大家時間。」無視於我回頭時，臉上說不出的詫異，藝晴擺出冷淡的面孔，故意催促，「要道歉，還是要付一千元？」

「對不起……」捏緊那張鈔票，在我低得不能再低的道歉聲中，藝晴早就拿在手上的硬幣滾落司機大哥旁邊的零錢箱，發出清脆悅耳的聲音。

妳會為一個已經「切八段」的人解圍嗎？

她說，會，因為有些人切了八段之後，依然很帥，讓她很愛。

13

我不知道家政科的學生平常在學校裡都學些什麼，但瞧藝晴忙進忙出的樣子，我心裡在想，其實她家根本不需要聘請外傭，眼前每一件瑣事，她都能夠處理得很好，那個叫作露西的外傭，反倒應該派來我這裡駐守才對。

「別以為洗衣精就只是洗衣精，乍看之下都是一樣的用途，但還是有所差別，這種發泡性較低，成分也溫和一點的可以用來手洗；應該手洗的衣服最好也別放進洗衣機，不然衣服很快就毀了。」先幫我把衣服分類，必須手洗的部分全都挑了出來，然後將剩下的塞進洗衣機裡，再倒入一瓶蓋洗衣精，接著拿起我盛裝一大堆曬衣夾的小塑膠盒，一邊撥弄，跟著又說：「曬衣服的夾子最好挑選夾齒沒那麼尖銳的，否則會把衣服夾壞。」

說完，她把盒子推給我，要我先試著自己揀選一下，然後馬不停蹄，又走回房間裡，拿出一件今天中午被我沾到咖啡污漬的灰色上衣，我本來打算放棄清洗，直接拿來當抹布用算了，可是藝晴卻說這根本就只是小問題，只需要用一點洗碗精，先不加水地直接搓一搓，這類食物所沾上的污漬，十之八九都能清潔乾淨。

「至於這個，請問這是怎麼回事？」也沒經我同意，她居然直接打開我的衣櫃，在裡面東翻西找了一下，拿出兩個早就儲滿水，乾燥劑也已經消耗殆盡的除濕盒。前幾年剛搬來的時候，因為房間有點潮濕，所以我買來放在衣櫃裡，結果轉眼好幾年，完全忘了它們的存在，當然也沒再繼續補充乾燥劑。

「如妳所見，就是深埋在歲月的深淵裡，本來應該繼續兩百年都不見天日的東西。」我無奈地說：「如果不是妳迫不及待地把它們挖出來，也許這兩個盒子未來可以成為考古學家的重要發現。」

「發現什麼？發現你有多懶散嗎？」白我一眼，她說：「你下次蒐集幾個鑵頭，洗乾淨之後，去文具店買兩盒粉筆，把粉筆塞進去裡面，這樣就可以當除濕劑了，不但省錢，受潮的粉筆曬乾之後還可以重複使用。」

「這些都是學校教的嗎？」我半信半疑，但更多的其實是佩服。

「睜開眼睛仔細看，這世界就比你以為的更有趣。」在我家裡忙完一圈後，她悠哉地坐了下來，一副智慧超然的樣子，說：「你可以改變，從一念之間。」

「我聽起來像是有點弦外之音。」我哼了一聲，正想拿根菸來點。

「不好意思，有我在的時候，你家就禁菸了。」她得意地說。

只要她在我家，我家就自動變成禁菸區。那是零零總總二十幾條，我在前天晚上回程的公車裡，被迫逐一點頭接受的不平等條約之一，但除此之外，其實我也沒有真的都聽進去，誰會那麼無聊，記得這些屁話？一個小女孩偶爾一次吵架吵贏了，居然就逼戰敗的那一方得無條件接受她的無度索求，這簡直就是侵略吧？

回想起那天，可真是我人生中最悲慘的際遇之一，而構成那際遇的主要人物有三，其一是一時大意，忘了將悠遊卡儲值，也沒帶夠零錢的我；其二是台北市各大客運公司當中，難得一見的那個不通人情的司機大叔；至於其三，則是居心叵測，居然從兔老闆的店外就偷偷跟蹤我，還尾隨上了公車，最後非得等到我遍尋不著其他的零錢，正窘迫萬分之際，才肯趁火打劫，逼我簽下不平等條約的劉藝晴。

「對了，我還有個問題要你幫忙，差點忘了今天來你家的目的。」本來坐在椅子上，還在檢視我房間的整理成果，藝晴想起什麼似的，忽然問我有沒有聽過一首英文歌，叫作〈I don't want to miss a thing〉，而我不假思索地點頭，那不就是我最喜歡的樂團「史密斯飛船」，在好多年前，配合電影《世界末日》的一首作品？這首歌不但我已經聽得滾瓜爛熟，我們自己的樂團至今也還常常演唱，那根本就是國歌等級的曲子了。藝晴說再過一陣子，他們學校要舉辦英文歌唱比賽，屆時將以班為單位參賽，而他們班所選的，就是這首歌。

「加拿大基本上應該是個講英文的國家吧？妳的英文能力還比我好，難道歌詞裡有妳不會唸的單字，需要我來教妳？」這是我唯一想得到的，自己能夠幫得上忙的地方，然而藝晴大笑搖頭，還說只怕她家那個露西的發音都比我標準，憑我也想教英文，可能得再等兩百年。

「事情是這樣的，這首歌呢，我們在網路上找到好幾個版本，但很可惜，每個版本都有主唱的聲音，然而我們最不需要的，就是那傢伙一直鬼叫鬼叫的部分。」

「那不是鬼叫，那是主唱 Steven Tyler 特有的唱腔。」我糾正，而且還告訴她，任何一個想要拷貝他們作品的樂團，所遭遇到的最大挑戰，就是在唱功的部分，除非天賦異稟，否則那可是不經非常艱困的練習，根本無法達到的境界。

「對我們來說，那就叫作鬼吼鬼叫。」不理會我的囉唆，藝晴問我是不是可以透過電腦後製的方式，想辦法將歌曲當中，屬於主唱的部分全都消音，只留下伴奏就好。而我點點頭，也告訴她，這種音樂方面的處理程式，只要稍微上網搜尋一下，起碼可以找到幾十個，全都能幫她搞定這工作。

「我不需要幾十個，我只要一個就夠，而重點是，你有這種程式嗎？」

「真令人遺憾，我不需要。」我聳肩。

這說的是事實，以前大多數時間，我們都在做自己的原創音樂，當然沒有需要設法去除他人作品當中，屬於主唱音色的這種需要；之後我從流行樂壇離開，改走表演團的路線，既然要拷貝別人的作品，理所當然就更需要聽聽人家怎麼唱，我還需要那種程式幹什麼？

藝晴問我能否幫忙想想辦法，畢竟比賽在即，每次練習時，偌大的操場上，班上同學都需要音樂伴奏，可是隨著旋律飄揚在校園中的，如果再加上 Steven Tyler 的歌聲，那可真是鬼哭神號，經常遭到許多老師或同學的抗議。我可以想像得到，如果今天坐在教室裡，老師正在講述無聊的數學或理化之類，結果窗外一直飄進來搖滾樂的聲音，那會是一種什麼樣的後現代風格，想著想著，我忍不住笑了，卻換來藝晴的超級大白眼。

迫不得已，我被逼著只好暫時先把這燙手山芋接了下來，就算這種程式我不會用，但問問醜貓他們，總有人可以幫忙處理。

「真的嗎？大概哪時候可以處理好？」

「等到我的英文能力夠好，好到可以教妳英文的時候。」換她有求於我，當然也就輪到我趾高氣昂。

一念之間，睜開眼，世界會更有趣。

14

醜貓說那其實不是很麻煩的事情，只要把程式的壓縮檔傳過來，稍微琢磨幾分鐘，很快就能學會使用，並解決藝晴的問題，幾乎不費吹灰之力，我又何必見死不救？但我告訴他，那個比賽既然是全班性的，當然班上每個人都有責任，難道只有劉藝晴一個人在負責解決這問題？再說，除了他們班之外，其他班級的隊伍難道就沒有這些技術方面的困擾？別人可以處理好，他們班又為什麼不行，非得需要我們幫忙不可？

「你一定是想挾怨報復。」他先點點頭，而後卻指著我的鼻子說：「肯定是。你吵架吵輸了，輸給一個小孩，實在太沒面子，所以才故意不肯幫忙，對吧？」

「就算是又如何？」我「哼」了一聲，把手上一張剛列印出來的傳單丟給他，轉了個話題，問問現場的所有人，有沒有興趣陪我一起去參加。

「音樂祭？」瞪了一下眼，醜貓立刻搖頭，「我年紀大了，要扭屁股、裝熱血的活動不適合我。」

「這是比賽嗎？能不能內定前三名？肯定能拿獎的話，我就陪你去。」新兵衛雖然沒表態去或不去，但也等於拒絕。

「我最近在減肥，減肥成功再陪你去，好不好？」胖虎把鼓棒挾在腋下，一邊吃著大亨堡，一邊好心地問，但我直接給他一支中指。

音樂祭不是比賽，這只是一個單純的演出活動，地點就選在金山海邊。活動先期結合了網路媒體一起操作，儘管距離舉辦時間還早，但造勢已經開始，現階段正是報名的時候，但參加條件頗多，第一個限制，就是要以樂團形式參加，再者必須以原創作品為主，不能翻唱他人的舊作，而最大的門檻，則是每個有參加意願的樂團，都必須號召自己的歌迷粉絲到網路上投票，獲得最高票數的前十名樂團才能上台演出。除了這些條件之外，傳單上面說得很清楚，這次音樂祭還會有唱片公司的支持，如果表演夠精彩，也許能獲得發片機會，這無異是一個最大的誘因，讓所有懷抱音樂夢的地下樂團都躍躍欲試。

「樂團，我們已經是了，這一關過得去，」我指著傳單，說：「原創曲目，這個我也寫得出來，再加上你們的造詣，編曲根本不成問題，而且我們已經合作那麼久，這裡又有那麼多固定聽眾，拜託他們上網投個票，應該也動員得起來不是？」

「門檻不是重點，主要的問題是，我們到底是為了什麼而要參加那個音樂祭呢？」醜貓認真地看著我，問：「是為了增加這裡的聽眾嗎？還是為了讓你再回頭當歌手？」

那瞬間，我有點無言，不曉得該怎麼說才好，醜貓看了看旁邊的新兵衛跟胖虎，確認他們都沒有要開口為我辯解的意願，這才又說：「參加這個活動當然沒問題呀，就當作是去玩囉，可是你有沒有想過，自己到底是為什麼要參加？參加了之後又如何？如果真的再有唱片公司找你，你知道那意味著什麼吧？」

醜貓接連問的幾個問題，把我的一腔熱情徹底澆熄。並沒有非常排斥那個活動，他只是想提醒我，一旦參加了，而且表現不俗的話，我很有可能再次獲得唱片公司的重視，重新又有了當歌手的機會，但那同時也表示，現在的「貓爪魚」就必須面臨解散的命運，搞不好連我在兔老闆這裡的工作也得被迫結束，因為沒有一家唱片公司會希望自己旗下的藝人利用公司投資所累積的知名度去幫外人賺錢，而且還只收低微的價碼。對我來說，如果能夠重回主流樂壇，名利雙收的機會當然提高很多，但對他們而言，就會少了一筆很重要的經濟收入，也等於打亂了所有人的生活，某種程度上來說，我等於是踩著他們，自己往上爬，不僅背棄了身為樂團團員應有的信念價值，也拋棄了自己的夥伴。

原先只是看到這個消息，頗有心動的感覺，自己寫了那麼多歌，品質好壞姑且不論，但每個創作者都希望可以擄獲更多欣賞目光，誰願意一輩子只做贗品？我本著這樣的想法，想參加一個看來應該無傷大雅的音樂祭活動，卻沒料到它背後存在著如此重大的影響，既是始料未及，同時更讓我因為醜貓的那些話感到迷惘不已。

「這麼簡單的問題都能困擾你？欸，你的智慧低落，比我想像的程度還要嚴重耶！」

很晚的時候，手機忽然響起，藝晴本來只是想問問那首英文歌的後製情形，但聽我意志消沉的語氣，忍不住問了起來，而我反正別無他人可以商量，乾脆也稍微提了一下。沒想到她理直氣壯地說：「這麼不知變通的男人，要怎麼讓我託付終身呢？」

「託個屁，我都快煩死了，沒心情跟妳瞎扯淡。」早知道不跟她說了，本想掛電話，但藝晴卻急得大叫，逼得我只好又把手機靠近了耳邊。

「你還在聽嗎？」

「有屁妳就快點放。」我沒好氣地說。

「很簡單嘛，醜貓他們擔心的問題，你其實也很清楚，不就是怕失業嗎？你如果離團，那『貓爪魚』就等於解散，他們就少了一個工作機會，對不對？而且萬一你一戰成名，真的又要一飛沖天，他們就等於被你給拋棄了，是吧？」

「差不多就是這意思。」我點頭，叼了一根菸，但還沒點上。

「他們會這樣想，以及你會因此而猶豫到底該不該報名，那都是因為同一個原因。」

「什麼原因？」我皺著眉頭，不太相信這個最近才認識我們的小鬼能有多了解「貓爪魚」的成員們在想些什麼。

「因為你們看待自己這夥人的出發點都不一樣，你覺得自己是于映喆，他們覺得自己是『貓爪魚』。」

「這不是廢話嗎？」

「當然不是，你們只需要換個觀點來看，其實就很清楚啦，」藝晴輕鬆愉快地說：「如果你們去參加音樂祭了，也很順利地被唱片公司注意到了，那你就告訴他們嘛，說你不只是于映喆而已，是屬於貓爪魚的于映喆，至於他們也一樣，他們不再只是醜貓、新兵衛跟胖虎而已，他們都是『貓爪魚』這個團體的一份子，唱片公司如果要簽約，就得簽下整個樂團，不能只要其中一個，這樣問題不就解決了嗎？只是你自己或許也得考慮一下，是不是真的很想再跟公司簽約就是了，畢竟當歌手，跟當樂團主唱，應該是很不一樣的生活。」

「這點子妳從哪裡想出來的？」我心裡在想，這話似乎頗有一點道理。

「噢，這是從同樣的公式，代換不同的對象來進行分析跟比對而已，人物雖然改了，但關係脈絡不變，原始的公式是這樣的：因為劉藝晴不只是劉藝晴，劉藝晴是于映喆的劉藝晴；于映喆也不是于映喆，于映喆是劉藝晴的于映喆，這樣你有聽懂嗎？」

講到這裡，所有想感謝她指點迷津的心情就全沒了，在繞口令般的廢話中，我第二度想掛電話，但她又一次大叫，所以我的手機拿開之後，只好再挪回來，繼續忍受下去。

「再給妳最後一次機會，要是妳無法克制自己胡言亂語的毛病，我就真的要掛電話了。」我威脅著。

「我只是想提醒你，拜託快點幫我處理那首英文歌的問題，你再不給我音樂檔，我就只好犧牲色相，去廣播社或熱音社賣弄風騷，拜託他們幫我做後製了。」她語氣忽然哀憐起來，說：「你都不知道，那個廣播社的豬頭社長，每次遇到，他都用一種色瞇瞇的眼光打量我青春的肉體，讓人好難為情，而我嬌豔欲滴的青春，又怎麼能被那種人所玷汙……」

「嬌豔欲滴的青春？不存在的東西，就沒有擔心失去的必要了，省省吧妳。」這次我再不給她叫嚷的機會，直接按下了通話結束鍵。

屋裡不開燈，唯一的光源只有桌前的小檯燈。終於點著了菸，白色煙霧冉冉升起，飄散在我面前，也把黃色的光線氤得模糊。我腦子裡還有藝晴的聲音，但不是她那些刮刮雜雜的囉嗦，而是剛剛在電話中，她其實不小心觸動我心念的一個問題。

還想當歌手嗎？我真的很想再跟唱片公司簽約，再次站上那個光鮮亮麗的舞台，繼續享受鎂光燈與掌聲嗎？又或者，其實兔老闆的店裡，那兒才是真正讓我喜歡的地方？我想了很久，卻想不到一個答案。

原來，于映喆不只是于映喆，他是「貓爪魚」的于映喆，還是劉藝晴的于映喆。

不如來談談關於我真正擅長的事吧，在寫過很多曲子之後，有時我總難免要想，真正符合自己的歌，到底有哪幾首呢？無論是妳最愛的〈藍色翅膀〉，或更之後的旋律與詞章，我究竟本著怎麼樣的想法，去寫作那些東西？我們經常在揣想著一個故事，然後為了它吟誦，但我們在自己的人生中，又可曾真正貼切心境地寫下一些什麼？

我是很想為了妳，真正地為了妳而寫作一首曲子的，只是那太也困難，因為漫長的人生中，尚未經歷的未來還有許多，我不能預料，當然也無從寫起，但我想告訴妳的是，也許一首真正屬於妳的曲子，是我所寫不出來的，但在妳之後的所有曲子，卻全都是我願為妳而寫的。

「我知道你們的顧慮，也清楚整個樂團當中，其實已經形成了一種約束關係，目前，我們誰都不可能輕言退出，畢竟這份工作對我們而言，都是很重要的經濟收入。所以，即使我很想參加那個音樂祭的活動，但也必須徵得你們的同意，而不是讓我自己說了算。少了你們，別說我自己一個人去了會感到無趣，甚至我連參加資格都沒有。」慢慢地說話，我一口也沒喝桌上那杯咖啡，看著醜貓他們，我說：「但我不只是為了取得參加的資格，才想要你們一起陪我，更重要的是，我希望有朝一日，當站在更大的舞台上面時，我不是自己一個人，而是以樂團的方式，把屬於我們的，最好的歌曲，呈現給更多的聽眾。玩自己的音樂，分享給全世界，這是我當初踏進這一行時，心裡最初的想法，至今也依然不變，只是現在我開始明白，要實現這個心願，其實可以有很多方式，一個獲得唱片公司青睞的于映喆，獨自站在舞台上，這是一種方法；一個于映喆，跟其他幾個由唱片公司安排組成的團體，一起站在舞台上，那又是另一種方法。

「在還沒認識你們之前，我已經走過前面這兩條路，結果如何，大家也都看到了。當然我並不是認為以前的方式完全錯誤，那只是操作上的問題，過去也就過去了。但是，現在我想繼續實現以前那個心願，是不是要由唱片公司來包裝，是否要遵循別人制定的模式，我其實一點都不在乎，能有資源挹注，當然再好不過，但如果沒有，我也想繼續寫歌、繼續創作、繼續在更多的地方，為更多的聽眾而唱，而這個夢想，跟以前稍微有點不同，那就是，這次我在實現心願的時候，身邊應該要有你們，因為我不只是于映喆而已，我是『貓爪魚』的于映喆，就像你們一樣，和我，都同屬於一個樂團，我們分享所有的榮耀，也一起承擔所有的付出，這才是一個樂團成員該有的心態，以前我不懂，但現在我明白了。」

很懇切地說完，現場鴉雀無聲，只有咖啡店的天花板角落邊，那幾組喇叭不斷傳來清靈的鋼琴演奏樂曲，而我看了看他們，他們也看了看我，然後再互看彼此幾眼，卻是好半天的時間，誰也說不出話來。

「你知道我現在是什麼感覺嗎？」幾乎過了三萬光年那麼久，醜貓忽然一個哆嗦，說：「幹，我覺得你很噁心。」

「什麼？」我忍不住驚詫，這就是你在聽完我由衷而生的肺腑之言後，唯一的感想嗎？

「你想去參加，就跟以前一樣，直接命令一聲就好了呀，幹嘛說這些噁心的話？」醜貓歪著臉問我。

「我比較習慣聽到的是這樣的說法：『你們三個，照著譜去練習，練好了就來套團，沒問題的話，我們就上台表演，就這樣。』」新兵衛模仿的是我一貫的語氣，還補了一句：「『對的時間，就是要做對的事，你們以後就會明白，我說的是對的。』」

我張大嘴巴，可一點都不認為自己是那麼專制獨裁的人，但胖虎最後則把我前面苦心經營出來，那些肝膽相照、義氣相挺的氣氛全都砸爛，他說：「其實我本來就有點想跟你去，金山耶，在那裡辦音樂祭，一定有很多大胸部、大屁股的美女來參加，我超想去看比基尼辣妹的。」

本來我以為自己這一番充滿感性的台詞可以博得一種僅僅屬於熱血男兒間，才能互相體會與感動的溫暖，但萬萬沒想到，這一切全都只是想像畫面，真實的場景，是新兵衛在我面前，就在這麼一個充滿溫暖與知性感覺的咖啡店裡，忽然放了一個響屁，然後醜貓罵了髒話，跟著是胖虎非常低級地對著一個端咖啡走過去的美女吹了一聲口哨。這些，都在我的溫馨自白之後。

所以我上網填寫了報名表，把樂團名稱以及每一位團員的名字都填上，而與此同時，也再次翻開已經被夾在一堆帳單與廢紙當中的樂譜，看樣子總算又有了繼續完成它們的動力。

「速度可以稍微再快一點，這樣比較適合大鼓雙踏。」聽完一次簡易版的吉他旋律，胖虎給了意見，他原本不是那種追求速度與力道的鼓手，但這回似乎頗有想一展鼓藝的興致。

「我倒不這樣認為，金屬感太重，搞不好就讓曲子失去了原味，與其把風格搞得很硬，不如在旋律的部分多一點變化，間奏再長一點，和弦變化再多一點試試看，說不定會比較有意思。」醜貓也有不同的見解，此外，他想了想，又補充一句：「還有，把那些半音的東西都拿掉吧，又不是在辦喪事、拍鬼片，你搞得大家雞皮疙瘩掉滿地幹什麼？」

「除了節奏跟旋律之外，我覺得還有一個很重要的，就是歌詞的部分。歌詞還沒寫完，也不知道這首歌到底真正要表達的東西是什麼，不如先等歌詞完成，我們再來決定風格？」新兵衛搖搖頭，推翻了前面兩個建議。通常像他們這樣的樂師，在面對一首歌時，往往偏重音樂，鮮少有看重歌詞的時候，新兵衛這時提出的意見倒讓我十分新鮮。

「畢竟是原創曲嘛，詞曲總是要搭得起來吧？」新兵衛看看大家，還說：「搞不好歌詞就寫出一堆吸血鬼之類的，那我們就真的需要那些半音了。」

「要寫歌詞嗎？這個也許我也可以幫得上忙？我很會寫歌詞喔。」坐在旁邊，一直沒有機會開口的藝晴居然自告奮勇。

「乖，下次要參加兒歌創作比賽時，我們再派妳出場，好嗎？」我白了她一眼。

「叫妳負責寫歌詞，這是不是違反了動物保護法？」醜貓也冷笑一聲。

「妳的任務應該是啦啦隊吧？」新兵衛啐了一口。

「可以呀，有興趣的話，妳就坐過來這邊，一起討論看看。」雖然綽號叫作「胖虎」，但心腸非常善良，他點點頭，招呼藝晴過來，但是又加上一個條件：「不過妳得先去廁所換穿比基尼，我們這裡只歡迎辣妹喔。」

其實，她今天只是窮途末路，跑來這兒求救而已，但既然是練團，一時間大家根本沒空理她，只好任由這傻丫頭坐在吧台邊的小椅子上，手裡捧著杯綠茶，靜候我們開完會，然後再看誰吃飽撐著，願意去管那首英文歌的問題。

只是一旦開始討論，我們往往天南地北，各種荒唐古怪的點子都有。醜貓已經想到上台該穿什麼衣服，他認為既然要吸引大家目光，就一定得在外貌的表現上稍微做點文章。新兵衛贊同這想法，提議要他到西門町去找找表演服裝，最好能租到那種可以把醜臉遮起來的大頭套。而我則建議他，乾脆去什麼都有人賣的拍賣網站看看，如果可以買到隱形斗篷會更佳，這是一個講究視覺美感的時代，我們不想看到醜陋的東西站在舞台上。

至於音樂本身，最後我們決定先把樂譜印出來，也把我錄製的音樂檔案分傳給每個團員，大家針對各自的部分先進行一段時間的鑽研，並且要加入各自的創意，既然我們決定以樂團的方式出發，當然就要仰賴每個團員的創意。而我儘管不用肩負起吉他主奏的工作，卻得在唱功與歌詞修潤的部分都完成後，再用編輯器彈奏鋼琴與其他的背景音樂，好讓整首歌更臻完美與豐富。

當好漫長的樂團會議開完，我們終於有空可以回頭處理那個小鬼的問題時，一轉眼，卻發現她不知何時已經睡著，而且睡姿極其難看，在矮小的板凳上，她歪著頭，靠在吧台邊沉沉睡去，不但嘴巴張開，連大腿也是開的，幸好今天穿著短褲，不然什麼都被我們看光了。

「其實她真的很喜歡你。」醜貓嘆了一口氣。

「何以見得？」我問。

「我馬子跟我交往已經超過十年，但就算是熱戀的前半年，她一次也沒陪我來參加過樂團會議，甚至連練團跟表演，她都懶得來看。」醜貓一臉黯然。

「這丫頭也不是真的想陪我們開會吧？」我提醒：「她可是為了史密斯飛船的那首歌才來的。」

「如果那只是個藉口呢？那不就表示她真的很想多花點時間跟在你旁邊，哪怕只是看著你的背影也好？而如果這不是藉口，是不是意味著，她把你當成唯一的救星？不管怎麼樣，都是因為喜歡你的緣故呀。」醜貓看著我，忽然問：「那三十塊錢，你還人家了沒有？」

我起先是愣了一下，但隨即想起來，是了，上次在公車上，藝晴幫我投了三十元的硬幣，我還真的沒還。

「〈I don't want to miss a thing〉，這首歌我們不是做到爛了嗎？」新兵衛也站在一旁，聽我們講了半天，突然插嘴，「既然這樣，那幹嘛我們不幫她？與其用電腦軟體去刪除什麼主唱的聲音，我們應該有更好的方式可以幫她這個忙吧？」

「你該不會是……」我嚇了一跳，但話還沒講完，胖虎已經跟著點頭，他說高中女生們的天真浪漫，以及豐潤中又隱含稚嫩的美好體態，正是他夢寐以求的。

我沒辦法阻止他們，只能任由醜貓開始輕輕哼起那首歌的旋律，只能看著新兵衛手指微顫，彷彿在空氣中就有一把隱形的樂器，讓他開始彈奏，也只能看著胖虎露出放蕩的表情，已經想入非非。

一個人所能為對方付出的，往往比自己以為的要多出許多。

16

離開高中生活已經很遠了，除了前幾年，我偶爾因為唱片公司的安排，進行校園巡演外，醜貓他們自從畢業後就不曾有機會再踏進校園，因此顯得格外興奮，平常在搬挪音箱之類的重物時，這些人往往抱怨不休，但今天居然是發自內心地賣力。

「會不會去了之後，反而被人家趕出來？」大家雖然都帶齊了自己的東西，但還是免不了得去跟兔老闆商借在室外彈奏所需要的部分器材。他看著大家把譜架搬上車，一臉擔憂地問。

「如果被警衛擋住，我們就拉開架式，在校門口唱給自己爽。」我豎起大拇指。租來的休旅車載物空間雖然不小，然而除了那些樂器、音箱之類的東西外，還硬是擠上四個人，整輛車跑起來比我的爛機車還要慢。儘管時間還夠，但我沒有體恤車子的辛勞，油門踩得非常用力。

不曉得全校性的英文歌曲演唱比賽會是什麼樣的規模，以前我讀高中時，這種全校的歌唱競賽唱的也不過就是沒有任何伴奏的軍歌而已。昨天晚上，藝晴接連打了幾通電話，問我東西到底好了沒有，而我始終保密，不肯告訴她這個安排。

「你要知道喔，我們家政科所有人可全都指望你了喔，要是放我鴿子，開了天窗，我們之間可就不只是切八段這麼簡單了。」昨晚最後一通電話，藝晴特別叮嚀，說他們班的比賽時間是中午過後，因此最晚在一點半之前，我非得把後製過的音樂檔案送到校門口不可，要是害他們班只能清唱，藝晴說：「你以後出門上街，過馬路時最好就小心點。」

也不是要這麼保密到家，我昨晚一邊聽著她電話，一邊努力克制著不要笑場，但醜貓他們說了，既然是要給一個驚喜，那就要驚喜到底，千萬不能破哏。我儘管臉上不置可否，但其實暗暗擔心，就怕真如兔老闆所說，這樣冒冒失失跑去，別說沒跟他們班的學生一起演練過，中間可能出錯，搞不好我們連校門口都進不去，警衛看到這四個怪模怪樣的傢伙，也許會把我們擋下來，還直接報警處理。

而我同時也在想，自己這樣做到底是不是正確的呢？一向都把主動靠近的藝晴擋在門外，我就是不希望給她太多錯誤的想像，免得之後衍生出更大的麻煩。我不是不想談戀愛，只是覺得，一來她年紀還小，二來則是我孑然一身，沒錢沒閒，也不想多添困擾。所以面對這個一廂情願，打死不退，生命力絲毫不亞於蟑螂的傢伙，從來不肯給太多好臉色，但現在這種突如其來的舉動，卻無異是在推翻我之前所有累積的成果。

「這樣真的好嗎？」今天早上，我在兔老闆的店門口，當所有東西都上車後，車門關上前，我忍不住問問自己，也問問這些興高采烈，想去風光露臉的傢伙們。

「她為你做的事情應該不少，那你為她做過什麼？」不理會我的問題，醜貓剛踩熄菸蒂，拍拍我肩膀，叫我省去那些沒意義的問題，早點上車出發才是重點。

好吧，就當作是做一次善事，也是一點回饋吧，誰叫我活該呢？想起最近幾個假日，藝晴老往我的住處跑來，在我的舊房子裡又整理又打掃的，或許這就是我唯一能為她做的吧？常言道，受人滴水之恩，必當湧泉以報，我雖然沒有那麼宏偉的胸襟，那帶著樂團去幫他們班演奏一首歌，這應該還做得到，至少這樣做了，也免得我老有種白佔好處、虧欠人家的感覺。

「現在時間是下午一點整，校門口的電子跑馬燈上顯示，目前室外溫度是攝氏三十二度，你怎麼忍心讓一個如花似玉的美少女在烈日下受此煎熬、逐漸憔悴？」電話又響，藝晴的聲音聽來，與其說是焦急，不如用瀕死邊緣來形容還更貼切。

「已經在路上，快要到了。」我瞥眼看看架在擋風玻璃上的汽車導航，上頭顯示，在我們一路快馬加鞭的倍道兼行後，距離抵達目的地的時間，終於只剩兩分鐘，「妳現在跟警衛說一聲，待會我們要把車子開進去。」

「你們？」她愣了一下，「不是送個音樂檔案而已嗎，你還帶了誰來？」

「少囉嗦，快去辦事就對了。」我直接掛了電話，還急忙指著馬路對面大喊，叫手握方向盤，但其實很不會開車的醜貓順著差點錯過的路名指標轉彎。

「我是劉藝晴的家長。」幾分鐘後，當我們終於進了校門，家政科三年甲班的班導師用滿臉詫異的表情看著我們時，我以非常誠懇且堅定的語氣回答。

「你們都是嗎？」這位中年阿姨顯然不肯相信。

「沒錯。」我背後那三個傢伙各自點頭，醜貓說他是藝晴的舅舅，新兵衛說他是藝晴的叔叔，胖虎自稱是表哥，我則看著這位阿姨，說：「我是她親哥哥。」

儘管順利唬過了班導師，但其實我的真實身分很快就曝光了，當表演器材逐一搬了下來，我們動作飛快地在大禮堂的舞台邊架起音箱、調整好效果器與導線，順便還幫胖虎組起爵士鼓時，就已經有藝晴她班上的同學走過來問我是不是于映喆。

紙當然包不住火，但刻意隱瞞也沒有意義，反正我現在已經不是什麼知名藝人，即使稍微造成一點話題也無所謂，就任由那些小孩們指指點點，也隨便他們去議論紛紛吧。當器材架好，電源接通，我們只花了短短兩分鐘，確認音場效果無誤後，他們下午的比賽也跟著在午休時間結束後，在大禮堂裡再次展開。

「先省下妳感動的眼淚，回到班級的隊伍裡，現在是妳該好好跟著大家一起唱歌的時候。」我把吉他揹好，對著跑過來這邊，卻一句話也講不出來的藝晴，我笑著說：「有這麼棒的伴奏在後面撐場，要是拿不到第一名，妳可不只是被我們切八段這麼簡單。」

未經完整且嫻熟的搭配練習，又缺乏默契，要做這種臨時性的演出其實是非常具風險的，這些負責唱歌的孩子到底要如何呈現歌曲，我們根本一點掌握也沒有，因此預先的樂團構想只能放棄所有創意的添加，整個依照原作的進行方式，中規中矩地拷貝下來，這為的就是讓他們更好唱，除此之外，也可以避免搶了學生們的鋒頭，一場別出心裁的現場伴奏演出已經夠噱頭了，要是到了喧賓奪主的地步，那可就不妙了。

不過還好，當我用編輯器預先錄製好的電子弦樂聲開始從音箱裡播放出來時，這群年輕人們就讓我為之驚艷，也深覺所有的擔心或許都是多餘的，他們不但沒有鋒頭被搶的機會，甚至還打從一開始就讓人睜大眼睛，也豎直耳朵。藝晴沒有特別的演出，她只是站在同學之間，但隊伍最前面的那兩位女生，同樣也穿著高中制服，開口唱出的竟是頗具聲樂美感的腔調，用一種吟唱式的開場，吸引了所有人的目光；而順著歌曲進行，第一段副歌在胖虎的鼓聲帶領下，他們全班才開始唱了起來，這些人顯然在練習時就已經修正了唱法。一大群女生本就不好做出原唱那種嘶吼與吶喊的味道，但透過合唱編曲，卻有另一番截然不同的風味。

在全校師生幾乎全都為之傾倒的癡迷目光中，我們站在舞台的側面邊緣，一邊彈奏著，一邊忍不住也享受起來，多麼希望這首超越高中生水準的精湛演唱永遠沒有盡頭，儘管大禮堂裡悶熱的溫度居高不下，儘管站在這裡，我已經汗流浹背，但望著他們投入在音樂中的神情，我忍不住也想閉上眼睛，好好陶醉其中，只是我有些捨不得，因為這個角度，我看見了藝晴，她斜側面的容貌確實很可愛，尖尖的下巴，還有高挺的鼻子，我甚至覺得自己已經看到她輕微顫動的睫毛。而她其實也一直偷偷地轉過頭來，偶爾視線交會的瞬間，嘴角像是在笑，又像是在對我說什麼似的。

這是我能為妳做的，就當作是一點回饋吧，如果我們表演得好，你們也唱得不錯，大家就可以不用把誰給切八段了，是吧？我也帶著一點微笑，音樂已經進入最後高潮，本來是嘶吼的唱腔，現在全變成和諧而渾厚的合唱吟詠，我聽到醜貓跟新兵衛忽然變奏，他們果然還是失控了，太過投入於演出，以至於見獵心喜，在最後面這一段，這些傢伙的手指已經無法再安分下去，醜貓手上那把吉他的音階陡然拔高，接連幾個長音，帶動了胖虎跟新兵衛，逼得我也只好跟著衝上去，而此時我也聽出來了，藝晴她班上那幾個果真有點聲樂底子的高手，竟然也一路追隨，把整個演出的氣勢烘托到最高點，然後才在胖虎鼓聲漸慢的牽引下，重新又回歸平緩與寧靜。

然後，我們都聽見了台下如雷的掌聲，這根本不像比賽，反而像是一場古典與搖滾融合的即興演出。當音樂聲全部結束，但掌聲還不斷的當下，我看見藝晴也正望向我，她臉上滿是幸福與驕傲。

最美的一首歌，是妳與我同在。

17

「幸福與驕傲？你不如直接說自己完蛋了就好了，」兔老闆清點完那些我們歸還的器材，哭笑不得地對我說：「你覺得這是偶爾一次的回饋，報答她平常對你的付出，但她可未必這樣想。」

「那你覺得藝晴會怎麼想？」我忍不住問。

「對你來說，是下不為例的一次偶然，對她來說，你這叫作永久性的開放通商口岸，而且還免關稅。」

「這麼誇張？」我有些不信。

「連服貿都不用簽，你已經給了片面最惠國待遇，這根本就是賣國的行為。」他拍拍我肩膀，說：「恭喜，你距離犯罪真的不遠了。」

要說我們活在一個看似充滿規律，但其實又完全不合常理，根本就沒有一定方向可依循的世界裡，這應該也並不為過。本來都說好了，只是一次沒有任何酬勞，也下不為例的伴奏演出，我們應該誰也不會再有機會，能再次走進那所學校當中的，然而英文歌唱比賽才過沒幾天，榮獲第一名的喜悅都還沒淡去呢，這天傍晚，照例是樂團演出前的練習時間，她一放學就匆匆忙忙地跑來，還口口聲聲說有好消息，結果一問才知道，根本和我絲毫無關，她說：「那天你們可紅了，比賽結束之後，一堆人來跟我探聽消息。」她說學校的熱音社跟吉他社有意想找醜貓他們去當樂器的指導老師，也希望邀請樂團在學期末前，一起參加校內的成果發表會，至於我個人的部分，沒人找我去唱歌，也沒人找我去教寫歌，藝晴說：「是有幾個醜女想要你的簽名照啦，不過都被我拒絕掉了。」

「妳連一點點的虛榮都不讓我享受嗎？」我大怒。

「好好寫你的歌吧，別光想著那些不著邊際的東西。」拍拍我肩膀，她當下從書包裡拿出幾張紙來，我一看才曉得那原來都是社團的聘書，而本來自視甚高，也覺得現在的當務之急應該是不久後就要舉辦的音樂祭的那幾個傢伙，他們居然把自己的本分完全忘得精光，迫不及待的，一枝筆傳來傳去，紛紛在聘書上面簽名畫押，把自己賣給了學生社團。

與其說是不想讓我分心，倒不如說是她想排除任何可能的阻礙，好把我禁臠般地牢牢控制住吧？看著她低頭吃麵，我心裡忍不住這麼想。

「妳這樣一天到晚往外跑，難道家人都不擔心嗎？已經高三了，是不是應該多用點心思在課業上？明年就要考大學了耶，都不用回家讀書嗎？」我嘮叨著。

「家？你知道我有幾個家嗎？」她停下筷子，抬起頭來，「我一共有四個家，一個在台北，一個在溫哥華，另外兩個家分別在上海跟北京，不過後面那兩個我從來也沒去過，你現在要我回哪個家？」

「人住在哪裡，家不就在哪裡？」我皺眉，心想這小孩家裡還真是有錢得不像話。

「那是你這樣認為，但對我來說可不見得。」她搖頭，說：「我認為，只有能讓心裡覺得安定跟舒服的地方，要能真的睡得好的，那才叫作家。」

「難道四個地方都讓妳不舒服，睡得不安心嗎？」

「真正讓我覺得安心的地方，有，有一個，」她笑著說：「雖然我只在那裡睡過一次，而且還沒真正睡著，不過我相信它一定不會讓我失望，如果再多睡幾個晚上，我肯定它會是讓我感覺最像家的地方。」

「妳想都別想。」我立刻明白她的意思，當下白了一眼。

藝晴告訴我，這些年來，隨著父親的事業版圖不斷擴大，家裡其實在很多地方都有置產，尤其近年來工作重心移往大陸後，家裡不但在北京跟上海都有房子，甚至他們還考慮再到澳洲另覓一個落腳之處，當作度假休閒，也可以做為劉爸爸將來退休養老的考慮之一。

「這樣的爸爸很棒吧？你想要的話，我分一半給你？」她俏皮地問，但我趕緊搖頭，自知福薄，深怕承受不起，萬一折了我的壽，那可大大不妙。

「也對，要當那種人的小孩，這種福氣也不是人人都有。」她忽然也跟著嘆口氣。

我感到有些疑惑，但又不曉得該怎麼問才好，藝晴卻告訴我，其實自己也有些躊躇，到底還要不要繼續在台灣升學，畢竟她就讀的是高職的家政科，所學內容十分龐雜，將來到了該選擇大專院校科系時，她跟很多同學一樣，心裡都有不少猶豫。

「積極一點想，妳想走什麼方向，就朝那方向去努力；消極一點來看，則是妳考得上什麼科系，將來就去讀什麼科系，這還不簡單？」我說。

「下次把我的成績單給你看，別說統測了，我搞不好都能去拚個技優之類的，光靠一身本領，就有得是學校讓我挑。」她先是得意了一下，表情跟著又黯淡下來，說問題的根本其實不在成績優劣，而是她母親最近開始盤算，想舉家遷移，要嘛就到上海去，再不然就回溫哥華，總之就是不打算繼續留在台北了。

「那麼想當外國人，當初又何必回來？」我有些嗤之以鼻，怎麼有錢人老覺得國外環境比較好，我們台灣真的很差勁嗎？

「話也不是這樣說，他們的生活重心本來就都不在台灣，要不是因為我，只怕當初也不會回來。這幾年，我媽在台北一直沒什麼朋友，我爸又不在，她日子其實也很寂寞，只能跟一些親戚偶爾聯絡聯絡，久了也會膩，當然就想離開。我跟她都吵了好幾次了，最後勉強得到的結論，就是等我高中畢業，如果能考到一所好學校，那她就陪我繼續留下，否則我就得乖乖聽她的話，看她想去哪裡，我就得被裝在行李箱裡，拖著天涯海角到處去。」藝晴滿臉無奈地說。

「我倒有個疑問，」這種有錢人家的煩惱，在我這樣的窮人耳裡聽來，還真是天方夜譚般的玄妙，但從藝晴的話語中，我又覺得似乎有哪裡怪怪的，當下問她：「既然妳從小在國外長大，從來沒待過台北，那為什麼後來卻選擇這裡？『中華民國』這四個字，應該只侷限在護照的國籍欄而已吧，北京、上海或者澳洲，妳哪裡不好去，偏偏要回來幹嘛？」

「因為你。」她說。

一個人做了很多事，有時可以只有一個理由，「因為你」。

18

我應該為了這句話而高興嗎？雖然沒有人想拒絕白花花的銀子，但為了錢而跟人家交往，這和詐騙集團有啥兩樣？所以我為了證明自己非常大方，特別拿了帳單去付帳，兩碗麵居然收我好貴的三百二十元，早知道不該吃拉麵的。

曲子的初稿勉強也算完成了，忙了一夜，我終於可以伸伸懶腰，讓自己稍微喘口氣。回想今天傍晚離開麵店時，我再三跟藝晴解釋，也許我們無法決定自己要生長在什麼樣的家庭，也不能決定自己一出生的時候，嘴裡含的是金湯匙或貸款帳單，但至少家人之間的關心是不會變的，既然是家人，就應該互相體諒，也互相關心，她一家才三口，父親又常常不在，母女倆哪有那麼多好吵的，再說，也不過就是住在哪裡的問題而已，對一般人而言，也許上海、北京，或者澳洲、溫哥華之類的地方，都只能歸類在聽起來很耳熟，但實際上非常陌生，根本一輩子都沒機會去一次的遙遠國度，但對他們家人而言，買張機票只怕跟去便利商店買碗泡麵一樣簡單而輕鬆，再加上現在網路科技發達，即便千里遠的距離，動動手指也能瞬間溝通，為了這些而爭執，未免太不值得。

我這樣勸她，應該沒有說錯才對吧？站在一個大人的立場，對這種充滿叛逆的小孩，能做或能說的，大概也就僅只於此了，只希望她能跟家人好好相處，千萬別哪天出了狀況，還牽扯到我頭上來就好。

一邊想著，我把身上的衣服、褲子全給脫了，只剩一條四角內褲，晃進浴室裡，本來還在盤算，為了慶祝新歌的初稿終於完成，也許待會洗完澡，可以下樓買瓶啤酒，幫自己慶祝一下，然而十五分鐘過去後，我滿頭的水都還沒擦乾，兀自有水滴落下呢，手機忽然響起，而我才要伸手去接，跟著又聽到有人用力拍我房門的聲音。

「人家說積習成癖，看來一點都不假，妳真的把半夜翹家當成樂趣了是嗎？」我皺起眉頭，一邊勒起褲帶，一邊把剛套上頭的上衣穿好，擋在門邊，也不讓她進來，我說：「小朋友，我家就算有販賣參觀門票，現在也已經過了開放時間，早就該打烊了。」

話剛說完，本以為她會跟我抬槓幾句，然而藝晴嘟著嘴，居然沒有辯駁。

「妳沒事吧？」我心中一凜，該不會發生什麼意外，而話剛出口，她眼淚居然已經掉了下來。

說是錯信了我的話，害得她回家之後，不但沒能跟母親好好溝通，取得一個共識，反而兩個人又吵了起來，而且這次格外激烈，為的還是她到底要不要在台灣繼續升學的問題。

「要不要升學，妳不是早就跟妳媽談好了嗎？」

迫於無奈，只好讓她進門。坐在床邊，藝晴一邊哽咽著，卻沒有太多被責罵的悲苦，反而有更多的氣憤，她把掌心裡的一團衛生紙揉爛，一邊說：「當初就跟她說過了，我可以自己回台灣就好，又沒人叫她一起來！我們在台北也不是沒有親戚，就算是未成年，我不能自己租房子，那至少可以住在親戚家，也不用每天看她臉色過日子。」

「先別忙著抱怨，把話說清楚，到底發生什麼事了？」

「今天下午，她收到學校寄來的成績單了。」指著眼淚鼻涕，藝晴說：「跟上次月考比起來，也不過才退步五名而已，我還是我們班的前十名呀，幹嘛指著我的鼻子一直罵，還說如果我不想再念了，就不要浪費他們的錢，去讀這種很貴的私立學校，乾脆轉學算了。拜託，都什麼時候了才叫我轉學，我是能轉到哪裡去？」

我點點頭，分數退步一點，但仍保持在前十名內，這樣的成績如果還不算好的話，那我們這種考試從來都只能吊車尾的，大概就是典型的廢物了。對此，我忍不住加以點評，認為劉媽媽確實太嚴苛了點。

「就是說呀，她還叫我去辦休學，如果不想轉校也無所謂，直接把行李收一收，大家都搬回溫哥華就好。這是什麼意思？難道以前跟我講好的，現在全不算數了嗎？我不是三歲小孩了，既然要跟我約定，就要貫徹到底，哪有人動不動就逼人家放棄的？」

我又點點頭，這麼說其實也對，即使對方只是個孩子，但承諾既然許下，當然要走到終點才行，她都已經高三了，老實說也沒差這剩下的幾個月，讓她考完再說，難道不行嗎？

「結果你知道嗎，她居然叫我打電話給我爸，要我跟他道歉，說我沒把功課顧好，愧對他的期望，還要把我禁足一個月，一個月！你知道那有多可怕嗎！」藝晴已經不哭了，取而代之的是憤恨難當的表情，她說：「除了上學之外，我哪裡都不能去，而且不准用手機，不可以摸電腦，只能像個原始人一樣過日子，這種生活，我頂多能忍一個星期，要我挨三十天，我寧可一頭撞死。」

「一頭撞死是有點過分，不過我大概可以明白妳的心情。」我依然點頭，說：「換作是任何一個年輕人，剝奪他的手機跟網路，都等於判他坐牢一樣。」

「所以呀，你覺得我媽是不是太過分了？」她嘟高了嘴。

「還挺過分的。」我不得不附和。

「那你有沒有覺得，這次無理取鬧的人是她？」

「應該說是小題大作，畢竟妳成績依舊維持在前十名。」沉吟一下，我只稍做用語上的修正，但還是站在藝晴這邊。

「那你有沒有覺得，我不能再悶不吭聲，任她予取予求？」

「適度表達自己的意見，這也無可厚非，而且是一種成熟的表現，沒錯。」我由衷認為。

「所以我就跑出來了。」她點點頭，顯然十分滿意於我全面性的支持，一整晚下來，這還是第一次看到她露出開心的表情。

「所以妳就逃家了。」不過很可惜的是，在她最後終於開始氣消時，我卻用了另一種觀點，當頭潑了她一盆冷水，「妳遭受到的委屈，我完全能夠體會，而妳企圖表達的憤怒，我也絲毫沒漏掉的，全部感同身受，甚至為妳抱不平，可是，非常抱歉，我完全不能認同妳所選擇的做法。」

嘆口氣，站起身來，我走到牆邊，從衣櫃裡拿出一雙襪子，先好整以暇地穿上，跟著把桌上的手機、錢包，還有家裡的鑰匙全都掃到手裡，我對坐在床上，一時還沒會意過來的藝晴說：「這麼晚了還跑出來，妳媽應該不曉得自己女兒又失蹤了吧？」我說：「有沒有想過，明天一早，當她打開房門，發現女兒不見了，心裡會有什麼感受？」

「是她先不管我的感受的……」一句話還沒說完，我彎下腰來，把手指比在唇邊，輕輕「噓」了一下，要她稍安勿躁。

「其實我應該開心才對，因為當妳跟家人鬧得不愉快時，妳第一個想到我；而當妳又慣性翹家，偷偷跑出來時，也第一個想到要來找我，真的，我是覺得非常榮幸的。」帶著微笑，我說：「但是妳知道嗎，這樣是不對的，會讓妳家人擔心，甚至，如果哪天我們真的要在一起了，當妳爸媽知道，原來妳經常半夜偷溜出家門，都是為了我時，他們還會同意嗎？」這顯然是違心之論，老實說，我根本沒考慮過兩個人要不要在一起的問題，但眼下，我知道這是最能說服她的超級好理由，事急從權，也顧不得那麼多了。而我這麼一講，藝晴的情緒果然又平靜了下來，還很認真地聽我繼續說：「所以，就算我覺得妳很委屈、很可憐，但我只能勸妳，想想辦法，跟妳母親再做溝通，卻不能收留妳在我家過夜。」

「難道你要我去睡在路邊嗎？」沒想到我在支持她好半天後，最後還是不肯收容她，她有些錯愕，只能怔怔地問。

「不，妳不能睡在我家，當然更不能睡在路邊。」微笑著，我牽起她的手，「回家後，跟妳媽好好地談一談，給她一個關於課業成績的保證，再請她取消禁足令，然後，明天下午，我想接到妳的電話，我請妳吃晚餐。至於現在，走吧，去巷口攔一輛計程車，我陪妳回家。」

在我不承認愛情時，我已經在為了愛妳而思慮一切。

「小武那邊如果行不通的話，我可以另外再幫你多想想辦法。當初參加選秀節目，好歹也認識了一些老師級的人物，他們在唱片業或多或少都有一定的影響力，如果透過他們，應該還可以……」

「真的沒有關係啦。」我微笑著揮揮手，阻止小箏繼續說下去，「就算腳步慢一點，但至少也算是有在往前走，妳就不用到處去看別人臉色了。」

「話不是這麼說，你要參加那個音樂祭，就得先在網路上，跟那些年輕小毛頭們一起比人氣，人氣夠了，才能取得上台資格，但上台以後呢？還得再跟那些樂團同台較勁，想想看，你要打敗多少對手，才能獲得一家唱片公司的青睞，而且青睞又如何？人家還未必要幫你們樂團發片，這等於是放棄原本所有的一切，全部重新來過耶！」小箏搖頭，「況且，小武那邊就算屬意找徐老師，但起碼人家是大公司，徐老師也是有名的創作人；而你這邊呢？音樂祭的主辦單位不是什麼大企業或高層級的政府單位，承辦的公關業者跟參與其中的唱片公司也都只是國內的小公司而已，就算真讓你異軍突起，恐怕也闖不出什麼知名度吧？」

「不試試看，又怎麼知道不行呢？」我點點頭，小箏說的這些，其實我自己也再清楚不過，然而即使我很了解，透過她的影響力，再加上小武他們公司的實力，以及徐老師的號召，肯定會比我這個方法要來得便捷許多，然而，每當想到要把自己辛辛苦苦做出來的音樂交到別人手上，甚至連創作者的名字都會被改掉，我就覺得不甘心。

「先讓我參加完這次音樂祭，無論好壞，我都會再認真考慮妳的意見，好嗎？」我很誠懇地對小箏說著，而她實在也奈何不了我，只好點頭。

朋友難得見面，當然會把各自的近況稍做一番報告，但我說一大早就在餐桌前談這些事，很容易消化不良，也愧對了早餐店老闆的用心，最好的方式，就是把惱人的工作問題先擱一邊去，好好享受一下蛋餅與蘿蔔糕的口感才對，本來小箏點點頭，覺得似乎有些道理，但她筷子都還沒動，才喝了第一口奶茶，卻又問了另一個讓我更難消化的問題：「工作的事情，既然你已經有了打算，那就先去試試看，但你那個小歌迷呢，她的問題又該怎麼解決？」

「妳就不能讓我安靜吃個早餐嗎？」我翻了一下白眼，說：「她是她，我是我，沒有什麼好解決的。」

「是嗎？」她忽然不懷好意地笑了一笑，說：「我可不這麼認為。」

儘管不把話繼續說下去，但從她笑吟吟的表情、透著古怪的眼神看來，我大概也知道她想說什麼，而不必等小箏來講，其實連我自己都心虛不已。是呀，我腦袋哪裡有問題嗎？為什麼那天晚上，我會用那樣的怪理由勸藝晴回家？老實說，三更半夜裡，她愛滾到哪裡去，根本也不甘我的事，以前我總是這樣認為的，不是嗎？為什麼現在非得哄她回家不可？而用來哄她回去的理由，還是我自己怎麼也不相信會發生的事。

「你真的覺得不會發生嗎？我看不見得吧？」小箏說：「起碼你已經開始想像那樣的畫面了，對不對？」

「妳到底想說什麼？」我本來已經挾起蘿蔔糕，當下又停止往嘴裡送的動作。

「吃早餐，吃早餐。」她嘻嘻一笑，塞了一塊蛋餅在嘴裡，才嚼沒兩下，又說：「承認吧，你心裡那堵自以為固若金湯的城牆，在不知不覺間，早就開始一磚一瓦地崩潰了，別說那是不可能的事，咱們認識也不是一天兩天，你什麼個性，大家都知道。」

「妳……」我把筷子擱下，很想越過餐桌，直接掐死這個女人，只是喉嚨間又像哽住什麼似的，居然有種難以言喻的心虛感。

「吃早餐。」倒是她嫣然一笑，繼續吃起了蛋餅。

新歌第一次練習，整體效果都還不差，除了歌詞有幾處不順外，針對每個人所負責的節奏或旋律，我們也筆記下應該修改的內容。練習結束後，他們有的人去吃飯，有的人回家休息，有的甚至還得趕場跑工作，而我收拾了東西後，坐在吧台前，一邊吃著泡麵，一邊欣賞兔老闆如何指揮員工們開始展開打掃工作，有些人在掃地，有些在擦桌子，有的則忙於補貨，或者整理吧台上的雜物，一群人亂烘烘在準備開店，只有我好整以暇，還能享用晚餐。

這本是個一如往常的畫面，其實不足為奇，但一樣是在吃麵，前兩天我心情還不錯，還能邊吃邊想新歌的歌詞，或者發發呆的，可是今天照舊吃著麵，一樣看著大家工作，我卻絲毫笑不出來，因為音樂祭的報名結束後，網路投票很快展開，然而我已經動員了身邊認識的所有人後，投票數的增加卻寥寥無幾。一邊擔憂著票數問題，我忍不住還要想起早上小箏說的那些話。一堵固若金湯的高牆，到底是從哪裡開始崩解離析的？除了外面如風強雨驟般的來犯敵人在刮損我堅固的城牆外，難道還有我這個守城者，不知不覺間，也從內部掏空了牆角地基？這有可能嗎？我努力回想有關藝晴出現在我眼前的情景，本來每次想到她，總是那些幼稚任性的模樣浮現腦海，但曾幾何時，我怎麼想到的卻常常是她送了一大袋日用品給我的樣子？是她在英文歌曲演唱比賽中，那個側面的樣子？甚至，她送給我的那個生日禮物，那個她依自己模樣縫製的小布偶，也不曉得自何時開始，從我收納歌迷贈禮的紙箱裡被取了出來，還掛到檯燈上面去了。是我掛的嗎？我為什麼要掛？我失心瘋了是不是？

「請問，你這一碗是苦瓜口味的泡麵嗎，吃起來的臉色那麼難看？」店裡的領班是個年紀才二十出頭的小帥哥，他也跟平常一樣，不親自動手打掃，卻倚在吧台邊監督工作，轉過頭，他問。

「你真覺得這只是泡麵嗎？」嘆口氣，我說：「我吃的何只是泡麵，根本是寂寞哪。」

所有固若金湯的高牆，原來都是從城內開始，一點一滴自我崩散解離的。

投票數太低，這件事我不敢告訴團員們，就怕影響了士氣，只能不斷改以敦促的方式，要他們有機會就幫忙多宣傳宣傳，把我們要參加比賽的訊息傳遞出去，希望可以獲得更多朋友的幫助，只要大家的舉手之勞，畢竟上網投個票而已，也不是多困難的一件事，但對我們來說卻彌足珍貴。

晚上八點五十五分，按照慣例，我已經在員工休息室裡抽完了香菸，緩步走過座位區，準備上台演出。本來這種剛開門營業的時段，店裡客人總是稀稀落落，要到十一點左右才會高朋滿座，然而今晚卻有些不同，我在登台前就注意到了，靠近逃生口，就在舞台左方這邊，已經併起了桌子，至少十來個年輕人在那兒聊得很開心，他們人手一杯飲料，桌上擺滿了小餅乾或點心，一看到我上台，紛紛轉過頭來，報以熱烈的掌聲，而我先是一愣，跟著仔細一看，隨即恍然大悟。

「未成年的小孩是不能在這種地方喝酒的。」我忍不住說，「就算只是調酒也不行喔。」

「我喝的是蛋蜜汁。」藝晴興高采烈地說，跟著她介紹起來，那一大桌的年輕女孩全都是她班上的同學，而幾個夾雜其中的男生，則是某幾個女孩的男友，以及邀約一起來的友人，有的男生今天還開車，要負責接送大家。

「開車？」我皺起眉頭，「你們有駕照嗎？」

這一問，讓全場所有人原本歡天喜地的表情瞬間凝滯，大家面面相覷了半天，居然沒人能回答。藝晴沒好氣地埋怨，叫我快點乖乖上台，客人們到底有沒有駕照可不關我的事。

「最好是不關我的事。」瞪了她一眼，我心裡也在想，對呀，這到底關我什麼事？人家有沒有駕照，還輪得到我插嘴嗎？走到台上，用腳把椅子勾過來，然後一屁股坐下，我還在心裡念念有詞，但隨即又覺得不對勁，那些我覺得永遠不可能發生的事哪，「你真的覺得不會發生嗎？我看不見得吧？」小箏的話言猶在耳，居然讓我打了一個冷顫。

她今天怎麼來的？搭的是誰的車？沒有駕照的男生開車載著一群女生出門，肯定想要好好表現一下自己的駕駛技術，那藝晴會不會有危險？雖然我不斷跟自己說，這種思慮不周又任性幼稚的小女生，她的安全真的不干我的事，但我怎麼也無法將這樣的思慮屏除於腦海之外，完了完了，難不成我那道隱形的高牆真的被我自己一點一滴掏空了？

「先生，你來表演打坐的嗎？」正在神遊太虛，藝晴忽然舉起杯子對我說。

「急什麼？」我瞪她一眼，還好此時舞台上的燈光黯淡，沒人看得出我臉紅心跳的樣子，「坐下，等著聽歌就好，別像個猴急的小鬼似的。」我沒好氣地說。

每次上場前，我都會把當天的歌單預先排好，除非遇到客人點歌，否則是不會輕易改變的。坐在椅子上，吉他已經調過音，幾句簡單的開場後，第一首歌很快開始演唱。一邊唱著，就像以往那樣，但我總又忍不住偷眼看過去，原本藝晴的左右兩邊都坐著她班上的女生，但不知何時，已經換了兩個男生在她旁邊，正大獻殷勤，有說有笑著。

該不會是被我拒絕之後，就趕快交了新男友，想來跟我示威吧？我忍不住這麼想，頓時間有點不爽，吉他和弦刷起來也稍微比平常用力了些，但轉念我又覺得不太可能，藝晴很明顯地在跟對方保持距離，而且似乎話不投機，每每只跟對方講上幾句，便又轉過頭望向我這邊的表演，視線交投，我的手腕也跟著放輕，還覺得自己這幾句歌詞比平常唱得深情了些。一首歌平白無故多了這麼多的起伏，連我自己都感到不可思議。

那群小鬼們玩得很開心，我仔細瞧了瞧，果然幾個女生都有印象，是上次我帶樂團去幫他們伴奏時，在學校就見過的，只是當時女孩兒們全都穿著制服，臉上也沒有妝扮，因此剛剛一時沒有認出來。一個小時的表演很快就過了，這過程中，他們託店裡的工讀生傳上來兩次點歌單，都是英文老歌，而剛好我也練過，所以很大方地接受，一邊唱，我還對那些年輕人們點頭致意，露出一點微笑。

不過好心情大概也就到此為止，慢歌時段一過，轉眼就到晚上十點，我唱完最後一首歌時，醜貓他們也已經出現在吧台邊，正在準備上台，接續下個時段的演出。我離開舞台前的最後一個動作是朝著藝晴比比手腕的地方，提醒她最好該準備回家了。

「那不是你的專屬小天使嗎？」慢歌時段結束前，店裡的客人已經逐漸增多，我擠過一些人，這才走到吧台區。醜貓指指舞台邊那一夥人，問：「她帶這麼多人來捧場，你怎麼不去跟他們聊聊？回饋一下歌迷嘛！而且你看看她旁邊那幾個男生，簡直跟發情的小公狗沒兩樣，趕快過去幫忙把蒼蠅趕一趕吧，免得他們玷汙了你的小天使。」

「她愛怎樣就怎樣，到底和我有什麼屁關係呀？」其實用不著醜貓提醒，我也很想立刻走過去，把藝晴身邊那幾個滿臉涎樣的男生趕開，但講出來的話卻依舊嘴硬，我說：「再說，她就算帶了兩百萬人來捧場，把這家店給擠爆了，我的薪水也不會因此而增加。」我呸了一聲，指指吧台那方向，說：「該過去陪酒賣笑的，應該是戴著可笑的兔子帽，正在幫忙調酒的那一位吧？」話剛說完，我們就看到有個既老又笨的傢伙，他為了扶正頭上的兔子帽，失手打破了一整瓶威士忌，嚇壞了吧台裡所有的工作人員不說，他自己還踩到兩顆同時被碰落在地板上的檸檬，「砰」地摔了一大跤。

「你老闆？」不忍卒睹，醜貓趕緊轉過頭來問我。

「其實跟我不太熟。」我也看不下去，只好低著頭回答。

最真實的情感，往往是最難承認的。

21

星期五的晚上，整家店全坐滿，有些沒座位的客人只能站在走道邊欣賞樂團演出。吧台裡的調酒師已經手忙腳亂，逼得兔老闆自己都得下場幫忙，雖然他幫倒忙的成分居多，但總算稍微紓解了堆積如山的客人點單。

經過一個小時的慢歌開嗓，當然我也得拿出全力，在舞台上又唱又叫，一首首精華盡出。不過，也就在這汗流浹背的演唱當中，我的心情卻愈來愈糟，沒時間再擔心那些小男生們對她猛獻殷勤，我眼見得藝晴他們那一桌，本來的果汁、汽水都喝完後，開始有人陸續點了其他飲料，我看到幾杯調酒端了上來，也看到那些男生手上握著的，紛紛從果汁杯換成了啤酒瓶。我每唱完一首歌，他們總要熱情鼓掌與尖叫一番，但這些傢伙愈開心，我的臉色就愈臭，這些人再喝下去，別說開車了，只怕連走路都成問題，要是出了事，誰能擔得起干係？

「不要逼我趕妳走，自己注意一下時間好嗎？」回想起剛剛樂團要開始表演前，藝晴又跑過來吧台邊跟我們說話，也不管她是否會沒面子，我臉色一沉，劈頭便說。

「一下下，再一下下就走。」藝晴說她班上那些同學很承上次英文歌唱比賽，我們整團去現場幫忙伴奏的情，已經跟她提過好幾次，想來店裡聽聽我們的演唱，拗不過大家，她才勉強答應。

「下不為例，真的。」她趕緊告饒。

「不是下不為例而已，而是你們打從一開始就不應該進來這裡。」我實在忍不住，說：「這裡一張門票就要三百多塊錢，但你們有賺錢嗎？拿著父母給的錢，在這裡糟蹋，難道不覺得過意不去？況且妳好不容易才解除禁足令，是不是傷口一癒合，妳就忘了痛，又想跟妳媽再吵一架，再被軟禁一次？都多大的人了，你們有沒有為自己的行為負責過？看看跟妳一起來的那些人，他們本來喝的只是無酒精的果汁，但現在呢？沒有駕照就開車，開車之前還在這裡喝酒，萬一出了事，到底誰要負責？而妳居然還坐在那些人的車上，這跟找死有什麼差別？」我一開口就停不下來，嘴裡說的都是安全與家庭教育的問題，但其實自己知道，這些言詞當中，潛藏著一點不能宣之以口的醋勁。

「我不會讓他們再喝了。」她已經開始不高興，嘴也嘟了起來。

「他們要不要喝，那我已經管不著了，反正我也不認識那些小鬼，」看著藝晴，我嚴肅地說：「至於妳，再過五分鐘，十一點之前，妳最好馬上離開，而且不准搭他們的車，妳自己坐計程車回去。」

「法律規定的宵禁時間明明是十二點！」

「再囉嗦妳就試試看。」狠狠地瞪了一眼，我硬是逼她把所有想爭辯的言論全都吞回肚子裡。

剛剛要不是表演在即，必須趕緊上台了，否則我真想拖著藝晴，直接把她轟出店門口。一邊唱著，我一邊在想，也許方才我真該那麼做才對。眼見得他們都喝開了，而且絲毫沒有打算結帳離場的動作，這下只怕又要給兔老闆惹上麻煩。

趁著中間休息時，我站在舞台上，還用麥克風對著全場所有酒客再提醒了一次，告訴這些人，我們活在一個有法治的社會，雖然這個國家平常可能不那麼照顧人民，賦稅又非常重，但那也沒辦法，演什麼就得像什麼，既然拿的是中華民國的身分證，當然就得遵循這個國家的法律，請現場不滿十八歲的未成年客人準備結帳回家，以免家人擔心。我苦口婆心地說，台下酒客哄然叫好，還紛紛為我鼓掌喝采，但可惜，他們雖然伸手招呼店裡的工讀生，卻不是要買單，而是再點一手啤酒。

「我有一種不祥的預感。」不知何時，新兵衛他們又上台了，還小聲地這麼對我說。那當下我點點頭，吩咐他去把堆在ＰＡ台邊，那扇逃生門前的備用音箱先挪開點，以備不時之需。

這種感覺是很荒謬的，一個無良的 Pub 老闆，也不管客人到底成年了沒有，居然放任他們在店裡喝個沒完，而原本只負責音樂演出的樂團成員，卻得肩負起協助客人逃命的責任，這到底是什麼情形？

我知道有一首歌是今晚肯定會唱到的，果不其然，第二階段剛開始沒多久，工讀生就從藝晴他們那一桌傳來一張點歌單，上面寫著「英文歌唱比賽經典主題曲」。

苦笑著，我把單子亮給了醜貓他們，大家看完後，紛紛露出會心一笑，趁著舞台上的燈光轉變，乾冰漸散的當下，音樂聲漸漸響起，我們用的是本來的編曲方式，唱的則是模仿原唱的高亢風格，很紮實地把這首歌完整唱過一遍。我知道他們等的就是這首歌，也知道這首歌唱完後，他們應該就會心甘情願地散場。眼看著就快十二點了，拜託，請你們趕快回去吧，千萬不要再給我們惹麻煩了，好嗎？還有妳，難道妳看不出來嗎？別人的死活壓根就與我無關，我只是擔心妳而已，人生一輩子還很長，妳何必急著這當下非得守在這兒？我們可以明天、後天、大後天都見面，但就是不應該在已經將屆十二點的這時候，在這裡四眼對看呀！最後的尾音愈拉愈高，我幾乎感覺到喉嚨的緊繃，就在電吉他狂飆的高潮聲中，這首歌即將結束。

「警察臨檢喔，麻煩音樂請暫停。」結果我的尾音終於沒能唱完，日光燈又一次硬生生亮起，警察拿著大聲公，壓過了我們的音量，那瞬間我錯愕不已，偷偷摸出手機來看，時間是凌晨十二點零二分，這些警察真是準時到不行。

「媽的，我就知道……」新兵衛目瞪口呆。

「這下兔老闆要接罰單接到破產了。」醜貓也咋舌。

「那個女警很正。」只有胖虎是冷靜的，他偷偷指著其中一個來臨檢的女警。

而我，我沒說話，只是朝眼前這群面無血色，全都嚇傻的小鬼們看了一眼。心想著，完了完了，再喝嘛，再坐嘛，玩得再開心一點呀，你們這些死小鬼！最好是通通被抓走，全都吃牢飯去吧！雖然心裡充滿氣憤與嘲諷，巴不得看他們全被警察帶走，但我還是偷偷地用食指朝角落那個狗洞大小的矮門一指，那瞬間，一大群無知而慌亂的蠢蛋當中，只有一個曾經鑽過那洞口的小鬼明白了我的意思。那些死小鬼，最好通通被帶走，而且乾脆永遠別放出來算了，但有一個人，不管怎麼樣，我都希望她平安。

悄悄的，我的人生裡多了一個心願——不想讓妳受傷。

要是誰的動作稍微再慢了些，後果只怕不堪設想，依照中華民國的青少年及兒童保護法，這些小鬼不但會被警察帶走，連兔老闆都會被嚴重罰款，搞不好連店都不能開了。這群笨蛋在鑽出逃生門時引起了一點小騷動，幾個眼尖的員警立刻衝了過來，幸虧他們被地上的舊音箱絆了幾下，也幸虧逃生門外是既無監視器，也沒有明亮路燈的暗巷，這才讓那些未成年的傢伙們成功脫逃。

「有點腦袋的人都知道，是非之地不可久留，既然都溜出來了，當然能逃多遠是多遠，我看大概只有妳這樣的呆瓜才會選擇待在這裡。」我苦笑了一聲，看著那兩個陪藝晴等候多時，直到我出現了，這才跟我點頭致意後，趕快離去的小女生，嘲諷著又說：「而比呆瓜更呆瓜的，則是陪那個呆瓜留下來等人的兩個超級大呆瓜。」

「你不要這樣罵人啦，她們也是因為擔心，所以才留在這兒陪我等。」藝晴還嘟著嘴。

「難道我說錯了嗎？妳們要是夠聰明，就該知道星期五的晚上臨檢總是特別多，本來就不應該出現在兔老闆的店裡，而就算是笨蛋，也要曉得，這附近那麼多夜店，警察一直來來去去，即使要等我，起碼挑個安全點的地方，哪有人選在便利商店的？」我指著騎樓下的柱子，「看到那個東西沒有？那個叫作警察巡邏箱，那就表示，這裡是警察巡邏的必經路線，妳還傻得坐在這裡，讓人家不勞而獲，這難道還不算笨嗎？」

「我又沒有你家鑰匙！」

「我也沒有叫妳去我家呀！」

大半夜裡，根本無處可去，我把藝晴載回她家附近。距離兔老闆的店並不是太遠，夜深之後的國父紀念館附近，顯得非常靜謐。機車轉進巷子，一整排舊公寓，看起來並不像她這樣有錢人家會選擇落腳的地方。藝晴說當初搬回來，在挑選住處時，她母親的首要考量其實是交通便利性與生活品質，因此寧可選擇這一帶比較老舊，但樹蔭卻多的地方，也不想住在昂貴的豪宅大樓裡。

「根本沒有門禁管理，難怪妳可以輕易逃家。」機車經過她家公寓樓下，本來已經要停下，藝晴卻問我能不能再陪她走走，不必跑遠，只要到巷子外面的國父紀念館那一帶就好。

「雖然我的中文造詣不算非常好，但還是要糾正你，我只是晚歸，不算逃家。」她很想開開玩笑，但轉眼見到我依舊嚴肅的表情，當下只好吐吐舌頭。

「如果我是妳媽，我就不會再跟妳搞什麼禁足之類的，那只能防君子，卻擋不住小人。」我沒好氣地說：「我會拿條鐵鍊，直接栓在妳的脖子上，掛在家門口。」

「如果是掛在你家門口，嗯，我確實是不會反抗。」她還笑得出來。那當下我總算真的明白，什麼叫作「人不要臉，則天下無敵」的道理。

「好了啦，我答應你，今天真的是最後一次，我以後再也不會晚上跑去店裡了，好嗎？」藝晴見我嘆了口氣，顯然已經心軟，她說：「本來我今天就不打算去的，是因為豌豆她們一直很堅持，還有她男朋友也說想去，我才勉強答應的。」

「豌豆？」我問，而藝晴告訴我，豌豆就是那兩個唱聲樂的女同學之一。

「她們是真的很想跟你，還有樂團的人道謝。」

「道謝的方式有千百種，可以打一通電話、傳一封簡訊，甚至寫一張卡片，這麼簡單就能解決，但你們卻選擇了最糟糕的方式。」我搖頭。

「除此之外，當然也想去玩一下嘛。她們都沒去過有音樂表演的酒吧呀，理所當然就想去玩玩囉。」

「台北難道還不夠地方讓你們玩嗎？」說著說著，脾氣又要上來。本來走在靜覷無人的廣場上，談話的音量都很低，但此時我停下腳步，聲音也稍微大了起來。

「我就是想去看你，而且還想帶我的朋友一起去看，因為這樣我很有面子。」她也不高興了，「這樣你滿意了嗎？」

「當然不滿意。」我生氣地說：「妳覺得很風光，可是我卻覺得很困擾！」

「為什麼你永遠都不肯接受我？」彼此沉默了半晌，我稍微往旁邊走開了幾步，掏出香菸來點著，但只吸了一口，藝晴卻說話了，「你真的覺得，我是那種只會給你製造麻煩的人嗎？」

「坦白講，妳製造的麻煩確實比妳做對的事情還要多。」看樣子不吵一架，恐怕是解決不了事情了，罷了，我已經做好放棄溝通的心理準備，看來只好比誰講話難聽了。

「我一直一直想靠近你，是因為我一直一直都很喜歡你，難道你看不出來嗎？」

「妳靠近我、妳喜歡我，那都是妳自己決定要或不要的，我沒有勉強妳。」我搖頭，「但因為妳靠近我、妳喜歡我，所以妳就可以為所欲為，可以肆無忌憚地為我帶來麻煩嗎？我為什麼要去承受那些不必要的困擾？妳喜歡我，那又怎麼樣？那關我屁事？憑什麼妳闖了禍，就要我來收拾爛攤子？今天晚上就是最好的例子，妳想風光露臉，結果卻給我們惹了一堆麻煩。」

「那是因為你不了解！」

「我有這種義務嗎？」她講話縱使很大聲，卻被我的音量壓了過去。

也不曉得過了多久，本來一直瞪著我的，她忽然肩頭一垮，眼淚也流了出來。

「想哭的話，麻煩請妳回家去哭。」我指指不遠的那邊，決定壓抑住所有對她的心疼，也壓下自己本來潛藏在心裡的一切情感，我冷冷地一指，「妳家就在旁邊而已。」

「我有去看那個網站。」忍著哽咽，她忽然拋下我們原本爭執的話題，「那個要比投票成績的網站。」

「那又怎樣？」心情已經夠煩躁了，我此刻最不願去想到的，就是投票率太差，可能沒機會上台演出的問題。

「我跟豌豆他們說了，想請大家一起幫忙投票，可是他們很堅持，說想先親眼看一次表演，確定演出真的很精采之後，才願意投票。」她的音量漸小，頭也低了下去。

「我不需要連這種事都讓妳來幫忙。」我依舊搖頭。原來是這個原因，所以他們才一窩蜂跑來，「沒經過我的同意，就擅自作主，替我想出一堆亂七八糟的辦法，這不會讓我覺得開心，更不會得到我的感謝，相反的，我只會覺得妳是個雞婆的人而已。」

「今天，其實你還沒唱那首歌之前，大家就已經拿出手機，都上網去投過票了。他們都很期待，希望你跟醜貓他們可以得到演出機會，唱更多更棒的歌。」她說：「也許就像你說的，我就是個雞婆的人，而且還非常愚蠢，但這就是我想得到的，自己能為你做的事。如果你不喜歡，那我跟你道歉。」說著，她抬起頭來，滿臉無辜地望著我。

「妳……」本來以為還得繼續吵下去的，沒想到她這麼快就投降認輸，頓時間，我也不曉得自己要怎麼辦，是該乘勝追擊，把她打得體無完膚，還是順從自己本來就不忍苛責的想法，就此放過她？「喜歡一個人，可以有很多種表現的方法，但妳今天做的這些，卻讓我連一句感謝都說不出來，妳懂嗎？」

「我沒有要你感謝我，」她說：「我只是想讓你開心而已！」

妳在這裡，已經是我最開心的一件事。

23

我知道人的時運有高有低，度過了風光燦爛的高峰期後，難免都要碰上一陣子的谷底低潮，只要能夠守時待變，並堅持不懈地努力，早晚能再攀上下一波的頂峰，重新站上屬於自己的舞台。這些我都再清楚不過，只是我很想知道，這一波波的倒楣日子，究竟要過到什麼時候，才能真正結束？

「我實在不想潑你冷水，但現在怎麼辦？」小箏用手撐著下巴，一臉無奈地問。十分鐘前，她剛帶給我一個糟糕至極的消息。手機上面顯示著一則網路新聞，國內一家知名企業因為董座涉及掏空案，目前被檢調單位搜索，全案正在調查中，而該公司的所有資金流動，現在幾乎全部呈現暫停狀態。這種新聞以前在電視上也偶爾看到，通常那與我並沒有多大關係，但這次不一樣，因為該公司就是這次音樂祭活動的最大贊助商，他們挹注的贊助要是在這個緊要關頭被凍結，那後果可想而知。

「我只能說，人倒楣的時候，什麼爛事都可能發生。」我攤手。

除了網路投票數依舊低迷，現在又爆出贊助企業的醜聞案，再加上一個剛剛形成，聽說很有機會光臨台灣的秋颱，我覺得這可能是史上最悲情的音樂活動，它要嘛胎死腹中，再不就是舉辦於愁雲慘霧中，而最最淒涼的，是也許它好不容易克服萬難，成功舉辦，但我們「貓爪魚」卻沒有上台資格，只能看著別人在舞台上面爽，我們卻在台下流口水。

對於這些不可預期的狀況，小箏當然幫不上忙，但她也提供了一些意見，反正那個音樂祭能否辦得成都還在未定之天，倒是她最近有幾場活動，其中有些小型演出還需要特別來賓，她說如果我有興趣，倒是可以談談看，酬勞或許不多，但至少是額外收入，且最重要的，是多了一些露臉機會，對我們將來的發展總有些許幫助。

我答允了這個提議，也勉強吃了一點早餐。對小箏來說，這可能是她繁忙的一天當中，唯一可以坐下來好好吃頓飯的時間，我很感謝她願意在百忙之中，還這麼費心幫我張羅工作機會，當然也很感激她始終惦記著像我這樣的老朋友。

「你那個小天使現在怎麼樣了？」堅持要付帳，把單子拿在手裡，一起站在櫃台邊時，她忽然轉頭問我：「上次他們跑到店裡去，還那麼倒楣遇到警察臨檢，你們肯定又要吵架，如何，現在該和好了吧？」

「為什麼連妳都知道了？」我愣了一下，這件事發生還沒幾天，知道的人也不多。

「台北能有多大，錄音室也就那幾家，隨便都能遇到幾個認識的人，聊一聊不就什麼都聊出來了？」她聳個肩，卻讓我下了一個決心。

離開早餐店前，小箏給了兩個意見，其一是要我好好把握，畢竟，在這麼低潮的狀況下，還能有個如此關心我的人，是應該好好珍惜，把眼光放遠一點才對；其二則剛好相反，她提醒，如果我還有想再走回音樂圈的念頭，最好就跟這些小歌迷們保持距離，尤其對方還未成年，要是鬧出事情來，只怕會耽誤了前途。

我沒有在兩個意見當中做出任何取捨，倒是在離開早餐店後，逕奔藝晴就讀的學校，社團活動課的時間，校內鬧烘烘的，我在警衛室完成資料登記，也問了熱音社的所在方向，然後到了他們社窩，一開門，醜貓開心地朝我揮手時，我則朝他吐了一口口水。

「你他媽的要不要把我早上便秘的事情都拿出去到處宣傳？」也不管那些學生詫異的目光，我再狠狠揍了一拳。

會再踏進這所學校，原因就出在醜貓身上。本來這一點都不關我的事，接受邀請來擔任社團指導老師的又不是我，但這隻醜貓異想天開，要表演什麼叫作有默契的吉他重奏，所以才用一頓午餐的代價把我找來幫忙。結果幫著彈了半天，他給我的只是一碗福利社裡買來的泡麵。

「老是嫌我不務正業，喜歡到處亂跑，你自己還不是一樣？」也不曉得怎麼得到了消息，在社窩的辦公桌上吃麵時，藝晴忽然從門口邊探頭，她一副還想吵架的樣子，開口就是冷嘲熱諷，問我跑來這裡做什麼。

「義氣相挺，友情支援。」眼看來者不善，醜貓趕緊想打圓場。

「自己都泥菩薩過江了，還能挺別人，這可真是了不起。」拉開椅子坐下，也不管這是在別人的地盤，藝晴隨手撥弄著桌上的文具，冷冷地又說：「你們樂團的問題，現在到底解決了沒有？應該還沒吧？自己的問題都擺在眼前了，還不快點想辦法，卻這麼悠哉在這兒吃泡麵，是不是有點本末倒置了？」

「樂團的問題？」愣了一下，醜貓看向我。

「投票率啦。」沒好氣的，我只好點頭。

「怎麼，沒人支持我們上台嗎？」他還很詫異。

「當然不是完全沒有，只是其他樂團的投票率稍微比我們高出一點，所以現在呈現小幅度的落後。你們不用擔心，這件事我會再想辦法的。」我點點頭，先把話說完，省得在這些學生面前丟臉，接著我站起身來，也不想再久留。

「你確定只是小幅度的落後？」聲音一揚，藝晴還不肯放過我。

「這是我們樂團的事，妳管不著。」冷冷地瞄了她一眼，我決定丟了所有的男女私情，乖乖聽從小箏的第二個建議。

距離投票截止日只剩下最後兩天，我稍微瀏覽了一下，總共一百二十四個報名參加的樂團，只有投票數最高的前十個團體能獲得演出機會，而我們目前的排名順位卻還排到五十二。這意味著我們每天至少要超越幾十個競爭者，才有可能在投票結束時，取得前十強的資格。

但這種事情有可能辦得到嗎？我把空的香菸盒捏扁，也把打火機丟一邊去，卻從冰箱裡找出喝剩半瓶，早已沒氣的可樂，狠狠灌了好幾口。沒氣的可樂，沒氣的人生，真是虛弱到了極點。

最後這四十八個小時，我幾乎連睡都睡不著，那種感覺像極了當年我們團體要發行第一張唱片時的心情，既怕唱片賣不好，也怕那些樂評人的毒舌評論。一直處在患得患失之間，我不敢打開電腦，就怕看到那個投票數。所以乾脆連家裡也不待了，一天到晚在外頭閒晃，晃到無處可去時，即使終究不免要回來，但我也絕足不走到書桌前去，洗過澡就乾脆蒙頭大睡。

「奇怪耶，你這人到底有什麼毛病，電話不接，網路上也消聲匿跡，是不是打算隱居去了，還是你要六根斷一斷，剃度出家算了？」最後，一腳踹開我的房門，把我從床上拖下來的，是我樂團的那三個傢伙。醜貓一把扯開我的棉被，確認我還活著，忍不住就罵了髒話。

「兩三天沒消沒息，我們都以為你已經死了。」新兵衛看看我臉上凌亂的鬍碴，還有一臉惺忪的樣子，搖頭嘆氣，「不過我看你現在這樣子，跟死了也沒多大差別。」

「你們到底來幹嘛？」我皺著眉頭，外面天色已經全黑了，也不曉得現在是幾點。

「來確認你是不是還活著，如果沒死，那就要慶祝一下。」胖虎嘿嘿一笑。

「慶祝什麼？」我還在納悶中，胖虎話剛講完，一旁的醜貓已經直接把我電腦打開，開啟網路頁面，還點進了那個投票畫面。

時間原來已經過了十二點，投票結束，結果也在稍早就公佈於網站上，他們就是看到了，所以才接連打了好幾通電話，但我始終沒接，一群人以為我可能發生不測，所以乾脆跑了來。

「是要慶祝落榜嗎？你們也太沒良心了吧？」我搓搓眼屎，跟醜貓要了一根菸，然而還沒點著，才剛看到螢幕上的入選名單，那根香菸就差點被我咬斷了。

「你不想讓我們擔心，所以沒把投票率太低的事情告訴大家，這我可以理解，也可以接受，但如果你是用不法的手段，來達到自己的目的，那我可就無法認同了。」醜貓指著上面的數字，問我：「老兄，你到底花了多少錢，去買通了些什麼人？」

「我沒動任何手腳呀……」目瞪口呆，連香菸掉了都沒反應，我看著那數字，只有傻眼而已。

「沒花錢？難道你是去陪睡嗎？」新兵衛也搖頭不信，胖虎還問我是不是去了哪裡拜拜，有哪個神明顯靈了。

但我完全無法回答，臉上的錯愕表情讓他們充分理解，其實我比任何人都還狀況外。隔了半晌，就在我們都一頭霧水之際，一直擱在書桌上的手機忽然傳來震動聲。

「你有沒有認識什麼厲害的中醫？」劈頭就問了個怪問題，藝晴的聲音有氣無力的。

「怎麼了？」我皺眉，問她是不是感冒，如果感冒傷風的話，按理說應該找西醫比較快吧？

「不是感冒啦，我整個手腕都好痛。」

「為什麼手腕會痛？」我覺得很疑惑，但藝晴沒有回答，卻反而問我，知不知道這世界上有一種專門用來作弊的電腦程式，叫作信箱產生器。

從那一刻起，我就知道，這樂團再不是四個男人的事情。

24

「妳請了兩天假沒去上學，足不出戶地躲在家裡，就是在幹這些事？」瞠目結舌這四個字已經無法形容我的表情，但除了驚訝之外，我還有更多的不爽。趁著母親不在，還把露西給支開，我第一次踏進藝晴家，走到她房裡，絲毫沒有欣賞少女房間擺設的閒情雅致，光是電腦螢幕上面所顯示的東西，就已經讓我忘了一切。

本來是希望能得到一點關心的，但在我滿是不悅的反應下，藝晴也是一臉不服氣的樣子。螢幕上顯示著一個小程式，整個都是我看不懂的英文名稱，但藝晴操作了一下之後，我便立刻明白，這就是她所謂的「信箱產生器」。透過這個奇怪的程式，她可以製造出無數個虛擬的電子郵件信箱，而這些信箱，在網路世界裡就等於一個又一個人物的名字。她用這些根本不存在的影子，大量地在音樂祭投票的網站上註冊帳號，然後把票都投給了「貓爪魚」，這也就是短短兩天之內，我們樂團的投票數會陡然增高的原因。一萬四千多票，不但一舉衝到了第二名，還領先第三順位有將近四千票之多。

「妳到底知不知道自己在幹嘛？之前自己班上的英文歌唱比賽，妳連上網去找個多媒體處理程式都不肯，還要別人幫忙想辦法，那現在呢？跟妳一點關係都沒有的音樂祭投票，妳卻汲汲營營個什麼勁？」我咬牙切齒地說：「連這種事情都要作弊，妳會不會太過分了？我想要的只是一個公平競爭的機會，為什麼妳連這個機會都不肯給我，非得從中作梗不可？萬一要是被查出來，不但會被取消資格，搞不好還會吃上官司，妳到底有沒有一點腦袋啊！」

「我可不知道這樣做到底有哪裡不對了。」一臉不屑，藝晴說：「你想要公平競爭？你確定在這裡有人跟你講公平嗎？你自己去查過了沒有？在我動手之前，這裡原本入圍的前十名，有哪一個是發過唱片、有很高名氣的樂團？他們動輒幾千，甚至上萬的票數都是怎麼來的？你真的以為那些都是大家一票一票所累積的嗎？有可能嗎？」

「妳去查了那些樂團嗎？」

「不但查過了，我連他們每個團的檔案都複製下來，你想看的話，請便。」把手往電腦那邊一指，藝晴說：「什麼叫作公平？打從知道你們報名參加投票甄選開始，在這個網站上，我可是從來沒看到過。」

「就算是這樣，妳也不能用這種方式吧？」我搖頭，依舊很不高興地說：「別人到底是怎麼得到那些高票數的、中間有沒有作弊，其實妳根本不曉得，又怎麼可以一口斷定，說人家肯定也用這種方式灌票？」

「那我可管不著。」哼了一聲，藝晴說：「你的目的是為了取得上台資格，我的目的是為了讓我喜歡的男人開心。」

「這樣做就真的會讓我開心嗎？」我吼著，「我不想用這種不公平的方式來贏別人，就算贏了，我也不會開心的！」

「如果凡事都要講求公平，好呀，那我們來講公平呀，請問你對我公平過嗎？有嗎？」她嚷了一聲，讓我為之語塞。

後來，我一度有過這樣的念頭，想寫一封電子郵件，寄去那個承辦音樂祭活動的公關公司，請他們撤銷這次投票後，我們樂團所獲得的參賽資格。

把真相告訴團員們，也把跟藝晴吵架的事情都講了，我說我承受不起這樣的罪惡感，更不想整天戰戰兢兢，害怕哪天東窗事發後，會把整團人的名聲都弄臭。但醜貓他們彼此互看了幾眼，卻有完全不同的意見，新兵衛說他認同藝晴的做法，因為這次入選的十個樂團，基本上都沒有太高知名度，有些甚至只是學生樂團而已，哪可能得到成千上萬的高票數？這中間必定有很多黑幕文章，誰揭發了誰，都不會有任何好處，而大家為了入選，稍微耍一點小手段，他覺得也無可厚非。

「耍一點小手段是無可厚非的事？你覺得這樣還只是小手段嗎？」我忍不住問。

「不然呢？不然你真的寫信去呀，告訴他們，不只是『貓爪魚』，連其他九個團也都是作弊而得到這些票數，請他們把大家的資格都取消。你覺得人家會理你嗎？」醜貓聳聳肩，說：「一旦取消所有人的資格，這活動就等於宣告難產，因為剩下一週就要表演，根本不可能重新投票；況且，投票網站的設計如果不變，就算再辦第二、第三次投票，也難保不會有人依樣畫葫蘆地作弊，它依舊不會有公平性可言，除此之外，還有一件最重要的事，那就是整個主辦單位的名聲，今天一旦把事情鬧大，讓我們通通除名，對這些主辦單位而言，簡直半點好處都沒有，只會被批評說是把關不嚴、作業潦草，不會有誰願意承擔這樣的罵名的。」

「可是……」我帶著近乎絕望的語氣，說：「難道你們不覺得，靠著這個假的投票數來獲得上台資格，其實是一種很可恥的行為嗎？」

「我是沒有那麼嚴重的精神潔癖啦，」在一旁聽著我們談話，遲遲沒有開口的胖虎在沉吟了半晌之後，終於也講話了，「不過我覺得，既然這種作弊的方式已經變成大家都在幹的事情，那就沒什麼好計較的了，反正比的不就只是誰比較敢嗎？誰比較心狠手辣，誰就上台而已嘛。」

「你到底在胡說什麼……」我氣得伸出手去，一把扯住胖虎的衣領，正想朝他臉上用力揍一拳，然而他的下一句話卻讓我的拳頭硬生生停在半空中。胖虎說：「我們拿到第二名的高票數，既然已成定局，那為什麼不在舞台上，證明我們真的有這樣的水準呢？」

那瞬間，我高舉的拳頭再也揮不下去，而醜貓又從旁邊補了一記，更讓我洩氣不已，他說：「你覺得這樣入選很不公平，是佔了人家便宜，可是我覺得，你這樣子的想法對小天使也不公平吧？她都為了你而敢這樣做了，那你呢？你除了怪她之外，卻連一句感謝的話都沒說，這不是也很不公平嗎？」

失魂落魄地獨自走在路上，舉目四顧，車水馬龍的繁華街景好像跟我一點關係也沒有似的。步履蹣跚，走過了一段人行道，我在街邊擺放的長椅上落座，只覺得全身無力，疲倦不堪。沒想到事情最後會變成這個樣子，所謂的遊戲規則，原來只有我自己一個人在恪守，換作別人，竟沒人把它當一回事，不但醜貓他們嗤之以鼻，甚至連藝晴都敢公然挑戰。

只是我也在想，或許胖虎的話是對的，無論手段如何，我們總之是入選了，只要音樂祭不因為企業醜聞的影響而停辦，我們就篤定可以上台，那麼，我們是不是可以用自己的實力證明給這世界看，我們是真的比別人更優秀，更值得站上那個舞台呢？

「你在忙嗎？」在街邊坐了很久，口袋裡忽然傳來震動，原來是藝晴。

「什麼事，說吧。」意興闌珊，我已經沒有再跟她爭吵的力氣了。

「我不知道自己還能幫你做什麼，可是，只要是能讓你開心的，不管別人看來是對或錯，我都會去做，就算你覺得這是笨蛋的行為，我也不管。」語氣很平淡，她說著。

「既然不管我說什麼，反正蠢事妳都幹了，那還打來幹嘛？」

「因為我想拜託你一件事。」她停了一下，說：「全世界只剩下你一個人可以證明我幹的不是蠢事，你可以幫我證明嗎？」

妳做的一切都不會是蠢事。包括愛上我。

25

整件事發展至此，對我而言已經覺得面目全非，頓失堅持的意義了，但對其他團員們來說，卻反而更加強了動力與拚勁，不只練團比平常投入，對於創作曲的修改，也紛紛提出自己的意見，務求盡善盡美。我不知道這算不算好事，卻總忍不住在想，那天藝晴在電話中對我說的話。

「只有你可以為我證明，請你幫我，好嗎？」那天在電話中，她最後是這麼說的。我沒有答應，卻也沒有拒絕，只是告訴她，我喜歡在對的時候，做對的事情。

那這應該是對的，沒錯吧？當樂團練習結束後，走出醜貓兼差工作的錄音室，外頭陽光耀眼。因為是為了練習比賽用的曲子，不好意思動用到兔老闆的場地，我們最近偶爾會到這裡來。離開那個設備精良的練習場所，我先搭了一趟公車，再轉乘捷運，來到忠孝東路，並依據抄寫在便條紙上的地址，找到了這家公司。在踏進大樓，按下電梯鈕時，我由衷地希望，希望自己現在做的這些都是對的。

「雖然可以等彩排預演時再跟大家碰面，但為了萬全準備，還是有勞各位跑這一趟，還請見諒。」笑吟吟的，一個穿著筆挺西裝，滿臉和善的中年男人在小會議室裡招呼所有人坐下後，很客氣地先做了開場白。

沒有仔細聽他說什麼，我先環顧了一下，會議室的長桌邊，連我在內，一共坐了八個人。這些人當中有老有小，有些人的穿著打扮簡直可以用怪模怪樣來形容，大白天的到底有什麼毛病，要把頭髮梳成詭異的龐克頭？還有一個臉色蒼白的傢伙，耳朵上面滿滿都是小耳環，他把頭髮也染成了白色，也許在燈光投映下，會是很不錯的舞台造型，但這裡可是公司會議室，這不嫌突兀嗎？

一邊在心裡嘀咕，我一邊聽那個西裝大叔說話，除了有兩個樂團因為平常都在中南部活動，今天無法前來參加這個由公關公司主持的行前會議之外，其他八個團都已經派了代表到場。西裝大叔發給我們資料，上面有預定的活動流程以及相關注意事項。一邊解說，他還不忘捧大家幾句，說我們能在激烈的投票競爭中脫穎而出，相信大家一定都具備非常高的知名度與實力，很期待能在舞台上看到我們的精湛演出。

聽到這裡，我忍不住再次轉頭，老實講，除了幾個比較像樣的傢伙，眼神裡能透著自信與從容的光采之外，其他人哪，我實在很懷疑他們那些投票數真的都是靠實力所得到的嗎？還是也跟我們一樣，是不同版本的信箱產生器所幫的大忙？那個作弊軟體，醜貓也說了，其實根本不足為奇，類似的東西在許多網路論壇上俯拾即是，只要下載安裝，誰都可以使用，但儘管如此，我還是由衷佩服，大概也只有藝晴這樣的癡狂歌迷，才會乾脆跟學校請假，不眠不休地在家不斷反覆操作那軟體，硬是把自己喜歡的樂團給推上高票當選的寶座，只是她付出的代價也不小，除了手腕之外，連身上四肢的幾處關節都痠疼不已，我猜大概是在電腦桌前坐鬱過久的緣故。

她去看醫生了嗎？手腕應該沒事吧？幾天沒有聯絡，我們又開始冷戰。每次都是這樣，熱烈萬分地大吵一回後，總需要幾天時間來冷靜，等下次再碰面時，她又可以像什麼也沒發生過一樣，再繼續闖下一次更嚴重的禍，然後周而復始，我們再吵下一次架。瞧，多像情侶？但偏偏我們並不是，這真是奇怪至極。

分心太久了，以至於錯過了些什麼似的，一回神時，只見所有人都望著我。那當下有點不好意思，我趕緊尷尬地笑笑，原來西裝大叔身邊已經又多了一個人，因此又重新介紹一次樂團，而我站起身來致意的同時，西裝大叔旁邊的那一位，他搖晃著有點微禿的腦袋，客氣地遞過來名片，我愣了一下，上面寫著什麼生技公司，根本是和搖滾樂八竿子打不著邊的產業，生技公司的公關部主任跑來這裡幹嘛？

「不好意思，要各位在百忙中，撥空前來這裡聚一聚。」微禿的男人臉上始終掛著微笑，對現場的人說：「關於這次的音樂祭活動，我們是中途才加入的單位，對整體狀況本來也不是非常了解，特別是之前，我相信關心本次活動的各位，應該或多或少，都從電視新聞上看到了一些消息，甚至也有傳聞，說這個活動也許會受到波及而取消。」

我點點頭，原來如此，因為醜聞案的關係，之前那個贊助廠商的整體資金都被凍結，連帶地也使這個活動瀕臨停辦邊緣，看樣子，眼前這位生技公司主管所代表的應該就是遞補上來的新金主了。

「所以我想再次重申一次，請各位放心，我們一定會竭盡全力，讓這次活動圓滿成功，不受到任何外在因素的影響。」他大概覺得是一種幽默的表現，還補上一句：「不過我聽說有個颱風要來，這個算是天然災害，我們公司只會做科學中藥，目前還沒研究出怎麼把颱風趕走的技術。」

陪著笑了幾下，我忽然覺得這禿子還挺有趣，而他繼續說道：「因為這也是本公司第一次贊助音樂演出活動，為了避免妨礙專業活動策畫，這大概也是唯一一次，我能來這裡與各位見面，接下來，就要看幕前與幕後，各位的傑出表現了，相信你們都能把握機會，一展長才，在此預祝各位演出順利，活動圓滿成功。」非常得體地把話說完，禿子朝我們鞠躬致意，當然現場所有人也報以熱烈掌聲。

接下來有大約二十分鐘的時間，繼續由西裝大叔來為所有人講述流程細節，我並不是非常認真在聆聽，反正也不過就是上台唱兩首歌嘛，這種事情我們幾乎每天都在做，早就習以為常。好不容易等到講解結束，我也懶得跟其他樂團的人去寒暄認識，這些公關工作，等活動當天讓醜貓他們來就好。

開完會，拿了資料，我心裡盤算了一下，時間不過下午四點，距離晚餐似乎還早，今天又沒有演出，看樣子可以找個地方窩著，先打發打發時間。起身離座，我心不在焉，正要依序跟著走出會議室，然而西裝大叔又叫住了我。

「于先生你好，其實我以前也是你的歌迷。沒想到今天有機會，能因為籌辦一場活動而跟您認識，真的非常榮幸。」西裝大叔依舊維持笑容，但我覺得這話有點言不由衷。以前的男子團體，我們的歌迷青一色都是小女生，哪可能有這種叔叔級的人物？跟他再握一次手，原以為他只是想說這兩句廢話，然而他一講完，卻請我稍坐一下，等其他樂團的所有人都離開後，隔了半晌，我才看到剛剛那個生技公司的禿子先生又走了進來。

「您好。」我趕緊站起身來，客氣招呼。

「坐一下，不要這麼客氣。」他哈哈一笑，厚實的手掌在我肩膀輕拍，開門見山地說：「這個音樂活動，除了當天的演出之外，還有唱片公司會來，你知道吧？」

「我有聽說。」點頭，維持著平淡的口氣，我不想讓他知道，其實就是看中了這一點，我才汲汲營營想參加活動。

「那你知不知道，只要能在這個活動裡有精采的表現，就有機會能在明年初，去為在香港舉辦的音樂大賽做開場？」他笑著說：「這是彥廷兄剛剛才跟我說的，因為還在商討的階段，因此不便先跟大家公開，可是我忍不住，還是想跟你透露一下。」

我雙眼圓睜，彥廷兄就是剛剛一直在說明活動流程的西裝大叔，他是公關公司的人，這消息看來不假。只是我也不解，為什麼對其他人要事先保密，可是偏偏就只有我被留下來，而他們只想把這消息告訴我？

「很多事情我不便多解釋，只是剛剛人多，也沒機會跟你聊上幾句，覺得很可惜，所以特別請彥廷兄幫忙，再多耽擱你幾分鐘。」禿子先生臉上帶著微笑，又一次拍拍我的肩膀，笑著說：「我只能告訴你，這場活動，如果不是因為你，我們公司基本上是不會參與的。因此，我謹代表本公司，希望你不但能夠有精彩的演出，更能獲得前去香港當開幕嘉賓的殊榮。」

「我？」

「對，就是你。」他大笑。

就是我，一個有妳在身前，卻從沒睜眼仔細看的笨蛋。

26

儘管這是一次不具比賽性質的音樂祭活動，但因為有了唱片公司的介入，因此獲選上台的十個樂團就算本來不存競爭之心，卻也有了非得一較長短不可的必要。為了讓煙硝味不至於太明顯，主辦活動的公關公司非常聰明，他們不在演出順序上讓大家有比較心理，反而改採抽籤方式決定。活動當天一早，當我們開著車子抵達時，舞台已經開始搭建，工作人員忙進忙出，而我找到了那位彥廷兄，他把所有樂團的負責人都召集過來，現場抽籤，結果我那張籤紙上，好死不死就寫了一個「1」字。

「有些人天生應該壓軸，有些人則注定了只有幫人家開場的命。」我把抽籤結果告訴大家，還苦笑著說：「往好處想，就是我們不必等天黑了才能回家，第一場就上台，唱完就滾蛋的話，回到台北搞不好天都還是亮的。」

在接近會場的附近，到處都可見音樂祭的旗幟與海報，這場辦在野柳海邊的活動，因為是星期天的緣故，吸引了不少遊客與觀眾，活動都還沒開始呢，攤販已經聚集了一堆，就連停車位也很難找，要不是亮出了參賽樂團的名號，我們剛剛還差點被維持秩序的工作人員連人帶車地趕出已經畫出活動範圍的管制區。

「小天使今天不來嗎？」準備器材時，胖虎忽然問我。

「想她的話，你可以自己打電話給她。」白了一眼，我說。

昨天下午，我撥了一通電話過去，本以為冷戰多日，她也該氣消了才對，沒想到一接起手機，她的口氣真是冷淡到不行，劈頭就問我是不是想來道歉，如果不道歉，那電話費就可以省省了。那當下我本來就想直接掛斷，但後來硬是忍著，也不談前些時候爭吵的誰對誰錯，我只是問她有沒有興趣，要不要一起來野柳看表演，如果願意，我們租的這輛休旅車還可以載得下她。

「跟你們一起去？有貴賓席可以坐嗎？」

「大不了副駕駛座的位置給妳嘛。」我說。

「誰稀罕什麼副駕駛座，我說的是活動現場。」她說：「你如果弄不到一個貴賓席的話，電話費一樣可以省省了。」

「妳不要欺人太甚，也不要得寸進尺喔！」我對著電話嚷嚷，可她也不是省油的燈，立刻回嗆了一句：「于映喆你給我搞清楚喔，沒有老娘的下三濫手段，你今天還不見得有資格在這裡跟我大小聲，凶什麼凶啊你！」說完，她搶先一步，還真的讓我把電話費給省了。

「所以她今天不來嗎？」醜貓皺著眉頭問。

「不來也好，以免我把表演會場搞成命案現場，那可就對不起大家了。」我還餘怒未消，哼了一聲。

在現場踅了一遭，沒見到生技公司的那個禿子，感覺有些可惜，本來是想把他介紹給團員們的。聽我說過那天去開會的奇遇，也聽我說出了心裡的納悶，大家紛紛點頭，說這其實不足為奇，只要上去投票官網看看，就可以明白幾分，參賽的那些樂團大多是些名不見經傳的地下樂團，他們能有什麼吸引企業投資的價值？今天這家公司會願意遞補而成為贊助廠商，難道是為了那些奇形怪狀的傢伙嗎？

「過氣的總好過沒氣的。」醜貓就是這麼笑著說的。

這樣想想也對，即使大不如從前，但我畢竟曾經是偶像男歌手啊，人家為了我而有興趣拿點錢出來投資這場音樂活動，這也十分合情合理，我暗暗點頭，醜貓果然是有見地的人，要換作是我來當金主，我也寧願把目光焦點擺在這個過氣偶像的身上，而不想浪費錢在那些從來都毫無名氣的樂團上面。

因為是第一個上台演出的樂團，所以我們的彩排順序就變成了最後一團，這是以便待會試音完畢之後，就可以在第一順位直接演出，不需要再做任何調整之故。在現場耐心等候了好一陣子，也陸續看著別人彩排時所彈奏的音樂片段，我跟醜貓都認為，要論樂器上的造詣，或許還難分軒輊，但如果比的是音樂的市場性，他們肯定都還差得很遠，畢竟這是個沒市場就只能餓死的環境，只能孤芳自賞的音樂，在台灣很難生存。議論了一番，好不容易終於輪到我們，大家在舞台上也不耽擱，只要確認了音場無誤就好。

試音完畢，眼看著還有點時間，我們先跑到攤販區吃了些點心，把肚子填飽之後，我忍不住拿出手機來，猶豫半晌，最後趁著沒人注意，還是又撥了一次電話，可惜沒人接聽。

剛剛試音時我稍微留意了一下，舞台邊除了PA台之外，還有幾座帳篷，其中包含服務台、救護站，這些一應俱全，此外更有兩排座位，我猜那大概就是所謂的貴賓席，不過其實只有不懂欣賞演唱會的阿呆才會坐在那邊，瞧那座位後方就是外場喇叭，他們坐那兒，非但會有耳膜被震破的危險，而且位在舞台側面，根本無法好好欣賞演出，再者，最重要的是，哪有人聽這種現場的演唱會，還一屁股坐在椅子上的？我忍不住偷笑了起來，劉藝晴，妳很想要個貴賓席，這裡真的有準備，妳如果來了，我很樂意把妳塞到那裡去。

時間剛好，我們邊剔牙邊慢慢逛了回來，天色有點暗了，正是夕陽西下的時間。

「好可惜。」望著遠遠的海平面上，一整片瑰麗的晚霞，胖虎忽然心有所感地說。

「可惜什麼？」我問。

「如果小天使有來，她看完我們表演之後，你帶她去後面的海邊走走，小女生應該都會很開心吧？」他說：「而且我們是因為她才有機會來表演的，結果現在要上台了，她卻沒能來看。」

嘆口氣，其實這種感覺不只是胖虎才有，包括我在內，連醜貓他們也都心有戚戚焉。望著那一天晚霞，我也忽然覺得很難過，多麼希望她能來。好吧，收拾起惡作劇的心態，就不罰妳坐在那個貴賓席上了，舞台正前方是最佳的欣賞位置，那兒留給妳，好嗎？我摸摸口袋裡的手機，已經沒時間再打一通電話了，可是我好想聽到她的聲音，哪怕依舊只是冷嘲熱諷也無所謂，我想跟她說，這是一個很美的海邊，有好看的晚霞，也有涼快的海風，還會有一整晚的音樂演出。雖然今晚沒能讓她聽到那首〈藍色翅膀〉，但我真的很想為她而唱，也很想告訴她，一句我始終沒說出口的感謝。

「我們有投票率第二高的水準，對吧？」走上台前，我忽然想到什麼，忍不住回頭。

「不，」醜貓驕傲地挺起胸膛說：「我們是最棒的。」

主持人的開場白剛剛結束，在她的介紹聲中，伴隨而起的是現場觀眾們的掌聲。今天不是比賽，當然大家都很樂意給自己不熟悉的樂團鼓掌。我很努力在人群中瀏覽著，可是沒有燈光投照，我看不到什麼認識的人，也無從知道這陣子在網路上做了那麼多宣傳，到底有多少認識我的人會前來捧場。

吉他已經掛在肩膀上，我深呼吸了一口氣，本來是不打算囉嗦太多，一上來就直接唱歌的，今天的兩首曲子，一首是旋律激昂的快歌，很適合當作開場，另一首則是比較重的抒情搖滾，雖然歌詞還沒修改到最好，但反正是唱現場，也沒有歌詞字幕，觀眾根本聽不出內容，所以也沒什麼好擔心的。我走到舞台中間，朝著觀眾點頭招呼，然後閉上眼睛，等待著鼓聲落下，就要刷出第一個和弦，然而等了又等，卻始終沒有聲響，最後只好納悶地又睜眼，卻看到醜貓、新兵衛他們，乃至於坐在舞台較後方，本來應該打鼓的胖虎，大家都一臉古怪神情地望著我。

疑惑地攤開手，正想問問這是怎麼回事，然而醜貓的下巴一努，我順著再回頭看，卻發現舞台與觀眾區之間，那區隔出來的小小空間裡，有一個我再熟悉不過的人。

「不是說不來嗎？」我嚇了一跳，趕緊走到舞台邊，蹲下來對她說：「既然來了，就快點站到後面去，沒看到那條繩子嗎？觀眾不可以跨線跑過來啦，妳得稍微退到那後面去才行呀。」

「我只有幾句話想跟你說。」藝晴說。

「什麼話都等我們表演完再說。」我搖頭，這裡幾千個觀眾，現在一定滿是納悶，到底那個主唱在搞什麼鬼，哪有表演前還彎下腰跟圍觀歌迷竊竊私語的道理？

「不行，我一定要現在告訴你。」本來已經要起身，但藝晴忽然伸出手來，一把扯住我的衣領，害我非得繼續蹲下不可，「我知道，在你眼裡，我始終是個沒長大的小孩，一天到晚只會闖禍，不但是個草包，而且還是個只會仗著自己家裡有錢，就自以為是的超級大蠢蛋。但是你不要忘了，我同時也是個女人，幫助我喜歡的男人實現他的心願、讓他覺得開心，這可是我與生俱來就有的想法與念頭，誰都不能改變，你認同也好，或者反對也罷，反正我就是要這樣做，懂嗎？」

「懂，妳趕快回去站好，好嗎？」我真是尷尬不已，只希望她趕快鬆開手，讓我站起身來表演，儘管也有很多話想告訴她，但這可是眾目睽睽之下，我們再怎樣也非得按耐下來不可。

「今天晚上，你要好好表演，而我答應你，以後不會再來糾纏你，不會再給你惹來任何麻煩，我會離你很遠、很遠，但你千萬不要忘記，我喜歡你，真的很喜歡你。」說著，她用力一扯，讓我差點跌下舞台，就在兩個人湊近的瞬間，她在我臉頰上輕輕地一吻，還好燈光還沒全亮，不然這可是丟臉丟大了的事情，只是在那一吻的瞬間，我也看到了她眼角有忍不住的淚水。她給我那一吻後，果然把手放開，但一個轉身，沒退到區隔線外，反而走向舞台側面。

「妳要去哪裡？」我愣了一下。

「貴賓席。」她回頭，不再悲傷，卻嫣然一笑，「早說過，不是貴賓席，我可是不來的。」

我為妳留了一個最棒的貴賓席，在這裡，在我心裡。

有時候，我們總天真地以為，生命是一件盡其在我的事。我們呼吸、我們走動，我們感知這個世界，但就像我所說的，一首歌無法詮釋一個人的一生際遇，一個人的感知，當然也無法代表這世界就如同我們所以為與認知的那樣，還會有風雨，還會有四季，還會有許多伴隨著生命歷程的起伏，而朝我們侵襲而來的未知恐懼。那些讓人猝不及防而發生的一切，往往輕而易舉地摧毀了我們辛苦建構的渺小幸福，在這些風暴漩渦之前，人會發現，原來自己竟是如此無助。

但我想我畢竟是幸運的，即使我終究無可避免地要體會過一次，關於這樣艱辛的挫折與痛苦，然而當雲開霧散後，卻還有妳在這裡，如果這封信當中，有我最想對妳說的一句話，我想這時我要說的是——親愛的，謝謝妳。

27

「能站在舞台上，為所有的朋友演唱自己創作的音樂，這是每一個創作型樂團最希望實現的願望，不只是我們，還有之後許多要陸續上台演出的樂團，我相信大家都是相同的想法。一生之中，能有一次機會實現這個心願，我們都已經別無所求。所以我想感謝今天所有到場的朋友，無論我們是否認識。」忽然有很多感觸湧上心頭，在走回麥克風架後，我先伸手，要胖虎暫且等等。

「請恕我佔用了一分鐘，藉由這個站在這裡的機會，我還想對一個人再說幾句話。」把頭轉向貴賓席那邊，坐在禿子先生旁邊的，是臉上努力保持著鎮定的藝晴。我說：「謝謝妳喜歡我，別走，好嗎？因為，不只是今天，還有未來，妳知道我已經不能沒有妳。」話剛說完，滿場觀眾紛紛發出叫好聲，我看到藝晴既害羞又驚訝，整個人差點縮成一團。

「我當然知道現在並不是說這些話的最好時機，但我再也掩藏不住、必須承認那些，再沒有比現在更適合說出口的『滿滿的情緒與感覺』。妳已經為我付出太多，而從現在起，該是輪到我來保護妳的時候，親愛的小天使——」把嘴巴湊近麥克風，說話音量雖然不大，但透過音箱，卻把我的一字一句都清清楚楚放送到了整個海濱，我說了四個字：

「我喜歡妳。」

說完，我呼了一口好長的氣，像是把自己內心裡所有鬱結的情感全都釋放了似的，居然有種前所未有的輕鬆與自在，而與此同時，四面八方傳來了聲響，是觀眾們的歡呼聲，是胖虎的鼓聲，是醜貓跟新兵衛的樂器開始演奏，是燈光燦爛，是乾冰的煙霧瀰漫，是我再深呼吸了一口氣，收攝了所有心神。我想為那個女孩證明一件事，她幹的不全然都是蠢事，因為她，我們才有了一個能被所有人看見的機會，也因為她，我才有自己還活著的感覺。

「而這就是你報答我的方式？于映喆先生，你怎麼不覺得慚愧，還好意思叫我幹這種事？」把一塊反覆洗滌之後，早已經破舊泛白的枕頭套朝我臉上扔過來，藝晴旋動電腦螢幕旁邊的喇叭旋鈕，特地放大音量，讓我在音樂祭裡，透過麥克風所說出來的那些話，持續迴蕩在這小屋子裡，她說：「你覺得這樣做，我就會感到很榮幸，是嗎？你覺得這樣做了之後，我就會點頭答應跟你交往了，是嗎？」最後，她跳到床上來，一把奪走我本來抱在懷裡的吉他，跨坐在我身上，掐著我的脖子，怒氣沖沖地說：「等我願意跟你交往了之後，你就可以把一屋子裡的破破爛爛全丟到我這邊來，叫我一針一線地幫你處理了，是嗎？你說話呀！」

「我快死了……放手……」幾乎喘不過氣來，我從快被掐斷的氣管裡，勉強吐出來的只有這句話而已。

那天之後，我終於明白，為什麼一家從沒接觸過音樂活動的生技大廠會忽然對這個差點夭折的音樂祭伸出援手，也總算了解，原來藝晴他們家遠比我想像的有錢太多。她父親是這家生產科學中藥的大廠負責人，而那個禿子先生根本就是她的族叔，一整個都是家族企業，連藝晴自己每年都因為父親所給的少許股份，而獲得在我們外人看來簡直豐厚得不像話的股息。

「其實也沒有花多少贊助經費啦，我自己拿了一點點，我叔叔那邊再補一點，大概也就夠了。」不肯透露到底花了多少錢，藝晴扭捏地說：「反正就只是一場在海邊辦的小型演出嘛，況且我們也不是唯一的贊助廠商，你以為是花得了多少錢啦！」

我不知道所謂的「沒有多少錢」，究竟確切的數字為何，但藝晴告訴我，自從在新聞上看到活動可能難產的消息之後，就一直惦記在心，也隨即跟她那位族叔聯繫，希望可以透過自家公司的名義，對活動挹注資金。

「可是我不懂，為什麼一定只能用公司名義？」我還在納悶。

「你希望在那場音樂祭的活動資訊裡，在贊助單位欄上面，看到『劉藝晴』這三個字嗎？沒有一個公司或企業出面當人頭，我捧著錢去，人家難道會願意理我？」她瞪我一眼。

這麼說好像也對，好吧，除了攤手苦笑之外，我還能說什麼呢？但想了一想，我又問她，兩個人在一起的這件事，難道絲毫不怕她族叔洩漏了去？要換作我是她老爸，一個紅不起來的小歌手，星途如此黯淡，他憑什麼跟我女兒交往？

「這你放心，所有的親戚當中，就我這個叔叔最講義氣，跟我交情也最好。」她拍胸保證，同時卻也問我：「那你呢？你在舞台上說那些話，會不會有影響？是不是偶像歌手都應該對戀情保密？」

「偶像歌手？妳看我像嗎？」我哈哈大笑，「如果是前幾年，我在舞台上公然跟一個女生告白，恐怕不只經紀人要跳腳，連唱片公司的高層都會跌破眼鏡，但此一時，彼一時，情況早就不同了。現在沒人知道我是誰，也沒人會在乎我的一言一行，我完全不需要理會那些不必要的眼光，也不必在乎那些人怎麼想。」

「是嗎？」

「我是搖滾樂手耶，」我叼了一根因為禁菸令而不能隨意點著的香菸，笑著說：「我只在對的時候，做我認為對的事情。」

如果還在當年的偶像團體時期，幹出音樂祭上那樣脫稿演出的舉動，也許表演一結束，走下台來，就會看到經紀人已經氣得腦溢血而倒地；如果還是過去那個我，大概此時此刻，我家樓下已經有狗仔守候，要跟拍這個與未成年少女交往的男藝人，他們會用「不倫」或者「畸戀」這樣的詞彙來形容，會把事情渲染得天花亂墜，巴不得挖出我所有的隱私，好增加更多的話題性。

「真的都沒人。」但真實場面是我們丟下那些還沒縫補的枕頭套，走出門要覓食，發現巷子裡空蕩蕩的，除了野狗之外，什麼也沒有。藝晴張望了一下，納悶地說。

「難道妳希望現在馬上有記者跑過來找妳問話嗎？」我笑著說：「沒嚐過那種滋味之前，妳會覺得有趣、覺得好玩，甚至可能有點虛榮地希望記者來得愈多愈好，但我跟妳說，那種經驗真的讓人很不舒服，根本開心不起來。」

「真的嗎？為什麼？」

「因為每個人都應該按照自己的步調，過自己想過的簡單生活，一旦妳開始背負別人的期待、活在別人的評價標準下，妳就再也不能做自己想做的事，所有的光鮮亮麗，都只是為了讓別人滿意，他們認為藝人應該這樣，妳就必須這樣；他們覺得藝人不可以那樣，妳就不可以那樣。」我搖頭。

「比如說呢？」

我微笑，輕輕挽起她的手，但明明是走在地板很光滑的騎樓下，藝晴卻顛了一步，差點滑跤。

「比如我也許不能牽一個未成年少女的手，比如妳跟大多數人一樣，偶爾會在路邊摔個狗吃屎。」我笑著說。

我只想做我自己；我自己最想做的一件事，是牽妳的手。

28

「當一個藝人，所有不能幹的事情，你現在全都做了。」小箏拍拍我肩膀，趁著藝晴去洗手間，她說：「恭喜你，你應該是本年度最有種的藝人了。」

我聳個肩，不置可否，告訴小箏，反正現在連自己還算不算是個藝人都很難講，如果從眼下開始，就必須小心翼翼地去維持那些根本沒有必要存在的形象，我覺得太過多慮，也顯得矯情。明明自己就不是那樣的人，也不在那樣的狀態下，為什麼非得去過那樣的日子？

「你真的被醜貓那些人帶壞了。」她搖頭。

「我不是妳，沒有擔心什麼的必要，」我喝了一口早餐附贈的奶茶，嘿嘿一笑，「要讓我選擇的話，與其裝神弄鬼過日子，我寧可好好地陪我女朋友，陪她過一個愉快的寒假。」

「雖然你們這段故事的來龍去脈，我已經聽醜貓說過幾百遍，但還是有一點非得問你本人不可。到底為什麼你會喜歡她？」有些不解，小箏說：「她能做的，別的女人應該也可以為你做吧？總不會是因為她家有錢，你才看上她？」

「問題就在這裡。」我點頭，說：「扣除贊助活動的那件事，其他的一切，那些她所為我付出的，別的女人當然也做得到，但問題是，沒有別的女人願意這樣做，只有她肯而已。至於家裡有錢的這件事，放心，他們那是家族企業，她老爸的公司現在再有錢，將來也是一大家族的人去分財產，不會全都落到她一個人手上，而我也不想嫁進豪門，去當一個小女婿。」

「所以你真的喜歡她？」

「我想是的。」我點點頭，把擱在桌面上的筆記本推過去，調侃著說：「來吧，新一代的偶像歌手，該妳表現了。」

這是很忙碌的一天，在捷運站接了藝晴之後，我們先轉往東區，原本一向是我跟小箏很簡單的早餐聚會，今天因為藝晴的加入，顯得有些不同。她也不是只為了認識我的朋友而來，更重要的任務，是她受了班上同學所託，要來跟星途正旺的小箏索取簽名。

即使已經入冬，天氣卻依舊炎熱，絲毫沒有冷的感覺，早餐之約一結束，其實已經將近中午，答應了這個寒假要盡量把時間多留給她，所以藝晴非常理所當然，緊緊跟在我的旁邊不說，一遇到這種不必練團也沒有表演的日子，她立刻提出要逛街的主意，只不過在逛街之前，我們還有一個地方要跑。

「坦白講，這公司非常小，既沒資源也沒錢，要想搞什麼大事業，只怕不但能力不足，而且很快就會被那些國際集團給吞併了。」翹著腳，旋轉著手裡的一枝筆，比我還不修邊幅的總監大哥披頭散髮著，連襯衫的鈕釦也沒完全扣上，一臉自嘲地說：「就連我這個總監也得幫忙打雜，你就知道這公司是什麼狗屁規模，要不是咱們這位老闆是我舊同事兼老搭檔，我就算再怎麼想不開，也不會答應來這兒上班。」

「至少有點薪水可以領吧？」我也忍不住笑。

「薪水是還不至於發不出來，但問題是誰也不曉得它能發到什麼時候。」同樣笑著，他說：「簡單地說，你如果想要飛黃騰達，去找徐老師的製作班底可能比較快一點。要捧紅一個歌手，這件事在敝公司恐怕頗有難度，但我是覺得，如果你真的很想把自己的音樂做好，這方面我們倒還可以談談。」

「所以我今天才會坐在這裡。」於是我點點頭。

美其名是製作總監，但事實上這公司算算大概也不過七八個人而已，幾乎所有的工作全都外包，而主要的負責人之一，就是我眼前的這一位，還有他所謂的「老闆」等幾個人。他們原本也是玩樂團出身，算得上是八〇年代末期，台灣地下樂團出道的先驅，只是沒湊上當時流行音樂的市場，所以鮮為人知。沒想到若干年後，這些人搖身一變，居然搞起了一家小型唱片公司，因為都是類似的背景，走的是桀驁不馴的風格，他不怎麼講究派頭，當然我也沒有過於謙卑恭謹的必要。

「很好，」果然對了他的胃口，也不跟我囉嗦，總監只說了一句我最想聽到的重點：「歡迎你加入。」

那是個很愉快的小型會議，他不喜歡「總監」這個職稱，因此我跟著幾個公司職員一起稱呼他「佑哥」。把目前公司的營運方式與內容稍微做了介紹，也談及了他對我們這個樂團的想法，可能因為規模太小，難與其他國際性的音樂公司相比，他希望我們能將樂團的經紀約也一併簽給他，諸事都由他們來安排與經營，這些我基本上都沒有太大意見，唯一的堅持，就是要以樂團為單位，不能只以其中某幾個團員來包裝。

「你是個講義氣的人。」他點點頭，聽出了我的意思。

「謝謝。」

大致聊完後，我本來帶著合約意向書，已經準備離開。陪我走到辦公室外面，小會客區的圓桌邊，藝晴正在那裡認真研究手上的東西，那是我原本今天帶出來，心想也許用得到，可以給佑哥瞧瞧，但後來決定又作罷的音樂譜紙，畢竟才第一次見面，也不知道談不談得來，好像沒有把作品貿然給別人看的必要。

「唷，妳一定是那位後來決定不走了，要留下來讓男主唱喜歡的女主角吧？」打趣著說，一點也不介意我讓女友陪同到來，佑哥當時人也在音樂祭的現場，我在舞台上說了什麼話，他早就一清二楚。一見到公司主管，藝晴趕緊站起來，禮貌地點頭招呼。

「也不管我們介不介意，第一次見面就把馬子帶來，是想讓我們難做嗎？至於妳——」忽然輕輕敲了我一拳，佑哥笑著，又轉頭對藝晴說：「跟樂團主唱談戀愛，乍聽之下固然是很屌的一件事，但妳都沒想過嗎，這種人口袋裡沒錢、生活能力趨近於零，滿腦子只有不切實際的夢想，玩樂團的喔，十個有八個啦，有錢就只想買樂器，根本不會花在女人身上，他們看起來像個漢子，但其實比包尿布的小孩成熟不到哪裡去，妳幹嘛跟他在一起？」

「因為我相信，人活著，總要找到一件值得自己拚了命也要去守護的物事，這樣活著才有價值。」先是愣了一下，藝晴隨即露出笑容，回答了一個很玄的答案。

「他可不會買衣服給妳喔！」佑哥大笑。

「我會買給我自己，也順便幫他買好。」她笑著。

「難看死了，去換掉。」我不知道一般男生都是怎麼陪女友購物的，但既然都陪著來了，總不能站在路邊老是滑手機吧？確實如佑哥所說，我不是那種手頭寬裕到可以幫女孩子付帳買衣服的有錢人，但就算皮夾又扁又瘦，卻沒影響我的審美眼光。

我守在試衣間外等了等，仔細觀察每一家服飾店的裝潢，也觀察他們賣的品項，發現原來同一個商圈所賣的東西，竟是這麼大同小異，分明是前幾家才看到過的款式，後面居然陸續又出現好幾次，而更怪的是，女生們竟能絲毫不介意這種高度重複性，她們照樣可以看得津津有味。等藝晴打開門，在我面前轉了一圈，這件藍綠色的洋裝，我這一路走來，起碼已經看過兩次以上，當下搖頭，叫她換掉。

「那這個呢？」隔了半晌，她又開門，現在身上穿著的是一件鵝黃色的連身裙。

「為什麼妳老是挑些會讓皮膚顯黑的顏色？」我依舊皺眉頭，最後趁著她繼續換裝時，走到排列有序的衣架前，乾脆自己幫她挑了起來。

本來以為像她這樣經濟寬裕的女生，應該會選擇百貨公司之類的地方購物，然而我顯然是看走眼了，藝晴對那些昂貴的東西根本沒有興趣，比起有冷氣可吹的誘惑，她更喜歡這種沿街瞎逛，逐一殺價的樂趣。

「要不要擦汗？」雖然兩條腿還不酸，但走著走著，我已經滿頭大汗，藝晴伸手從包包裡拿出一包面紙，但我搖頭，反正擦了也沒用，汗水還是會繼續流。

「不然你要濕紙巾也可以，濕的，涼快點。」跟著她又拿出另外一包，不過我也依舊搖頭。

「肚子餓嗎？我有幫你準備兩顆蛋黃酥喔！」當幾個裝了新衣服的塑膠袋都讓我提在手上時，她很貼心要幫我拆甜點包裝紙，嚇得我趕緊再搖頭。汗流浹背，都快渴死的當下，誰還想吃蛋黃酥呀！

「不然你吃顆糖果吧，好嗎？」把蛋黃酥塞回包包裡，這次她掏出來的是一包葡萄軟糖，順便還有一瓶早就不冰的養樂多。

「妳到底在那個包包裡面裝了多少東西？」我咋舌。

「還有護唇膏、小鏡子、化妝包、手機、行動電源、筆記本跟兩枝筆，嗯，這個是環保筷，我還幫你也準備了一雙，另外還有綁頭髮的橡皮筋跟小髮夾，跟幾個備用的小塑膠袋。」她很認真地低頭，真的翻起包包，還拿出個怪東西來，「噢，對了，如果你忽然想喝啤酒的話，我還幫你帶了開瓶器。」

「我的天哪……」

最美的生活，不是錦衣玉食，而是我們總想著彼此。

「一個好的樂團，除了實力之外，呈現給觀眾的視覺印象，同時也是不可或缺，非得要考量到的重點之一。那種矯揉做作的風格，說真的實在太老派了，尤其是那種黑底又印著龐克圖案的上衣，拜託拜託，那真的很老土，現在已經沒有年輕人會穿那種東西了，還有頭髮也是，沒有人規定玩樂團的人就非得留長頭髮不可，就算要稍微長一點好了，至少也應該整理一下，整齊一點，看起來也清爽一點。」活像我們的造型師，藝晴叫大家排排坐好，開始數落了起來，「要說造型，我會建議你們，改走清新路線，請把那些亂七八糟的衣服收起來，在店裡表演時勉強還可以穿，但如果是要做唱片，請千萬不要低估了我們時下年輕人的品味。」

「這可是我最愛的衣服。」新兵衛指了指自己身上那件都已經洗到褪色，領口也鬆了一圈的上衣，那上頭印著搖滾天團「槍與玫瑰」的圖案，堪稱經典。

「你待會可以脫下來給我，」藝晴白了他一眼，「我家巷口有舊衣回收箱。」

「但是我頭髮已經留了很多年，真的非剪不可嗎？」胖虎抓抓自己其實不算長的頭髮，臉上滿是猶豫與為難，樂團的四個人當中，就屬他頭髮長得最慢，平常大家偶爾還會去修一下劉海什麼的，他可是寶貝得很，輕易不肯動刀。

「你們的團名叫作『貓爪魚』，不是『流浪漢軍團』！胖虎就該有胖虎的樣子，有空看一下卡通，稍微了解一下狀況好嗎？」再白一眼，跟著她目光閃過來，讓我跟醜貓頓時打了個冷顫，誰也不敢再囉嗦一句話。

本來今天應該要練團的，但就為了造型問題，我們坐在那兒，任憑藝晴嘮叨了好半天，結果進度嚴重落後，而時間一到，人家錄音室還有工作排程，我們再不情願也只好收拾了傢伙，乖乖讓出場地來。

「剛剛還沒講完，除了髮型跟衣服之外，長相也是個大問題。」大夥走了出來，藝晴想起什麼似的，忽然回過頭來，但她手指著醜貓，一句話本來要講，卻被那雙凶惡的貓眼睛給瞪了回去。

「有些事情，人為可以改變，但有些改變不了的，我們只能期待來生。」我苦笑。

「其實醫美整形也可以稍微改變一點……」還想把話說出口，但醜貓已經揮拳要打，嚇得藝晴趕緊逃了開去。

把吉他留在醜貓打工的錄音室裡，騎著機車，順著蜿蜒小路上山來，沿途風景很美，在湛藍的天空覆蓋下，台北盆地顯得清亮，幾座重要的地標建築全都清晰可見。我跟藝晴說，這可是最近幾年來，上山路途所見風景當中，最美的一次。

「你很少上來嗎？有這麼忙？」坐在機車後座，她問。

「與其說是沒空，倒不如說是沒臉。」我笑得有點苦。

位於山頂的一片平台上，矗立著一座宏偉建築，乍看之下還有點像禪寺，但其實這是一座納骨塔。將近年關，本來藝晴問我是否要回老家，然而我有些詫異，問她既然連我的星座血型都一清二楚，怎麼會不曉得我的家庭狀況，而她一攤手，說這世上總有些什麼是綜藝節目或週刊報導上面不會講也不會寫的。

「我爸過世了以後，我媽也改嫁了，大家幾乎斷了聯絡，後來我只跟我奶奶一起生活，但也沒多久她就走了。算一算，我爸跟我奶奶，其實還是一年之內相繼過世的。」輕描淡寫地說著，我說：「我爸葬在鄉下的祖墳，奶奶則住在這兒。」

搭電梯上樓，清香盈鼻，在明亮的光線下，循著號碼牌的指標，走到奶奶長眠的那一小格前面，因為是臨時跑來的，也沒帶木格櫃的鑰匙，我們隔著櫃門，默默地合十致敬。

「我還記得奶奶過世時，我剛被選進去，才組成團體不久。本來呢，滿腦子想的都是如果有一天能大紅大紫，也許可以賺很多錢，讓我奶奶出去玩。小時候，我常常聽她說起日本的風景，她年輕時去過一次，一直念念不忘，我就在想，哪天能帶她一起去的話，說不定我們不需要參加旅行團，光憑她記憶中的路線，我們去一趟京都，去一趟奈良，去看看那些她很想再看一次的風景，這似乎是很棒的一件事。」

「結果沒去成？」

「我第一張唱片都還沒發行呢，她就走了。」有點失落，站在窗邊，遠眺整個台北的風景，我嘆口氣。

「你相信人死了之後，會有靈魂、會有天堂嗎？」陪我癡癡地站了一會兒，藝晴忽然問。

「不知道，但我寧可相信這些都存在。」微笑著，我說：「不然叫我們如何接受，人死了就一切成空的那種無奈感？」

興之所至地跑來，我只是想把藝晴介紹給奶奶，原本打算吹夠了涼風，就準備送她回家的，但藝晴卻站在那兒，望著風景，看了許久。

「下週二是我的生日。」過了好久，她忽然說：「本來在寒假之前，豌豆她們說好了那天要幫我慶生，大家一起出去玩的，但我現在想了想，決定把那個聚會取消。」

「為什麼？」

「因為我想跟你在一起。」她說。

我已經完全想不起來自己十八歲的生日究竟是怎麼過的，按理說，象徵成年意味、這麼重要的一次生日，應該跟自己要好的朋友們共同歡聚才是，就算想要有我陪伴，那也只需把我帶去生日派對即可，可是她想了想，還是覺得寧可兩人共度就好。

對慶祝生日這種事情毫無概念的我其實感到有些為難，一個十八歲的小女生，她會希望收到什麼樣的生日禮物？她會想要過一個怎麼樣的生日？是不是應該帶她出去玩？可是藝晴的母親會答應嗎？或者，我可以安排一下，讓整個樂團的人來幫她一起慶祝？但這麼一來，豈不又跟她想與我共度的本意相違背了？

「既然她那天就滿十八歲，就表示當天被你吞了，你也不犯法了。」聽到我的苦惱，醜貓很不負責任地說：「趁現在是冬天，你帶她去洗溫泉好了。」

「洗你媽個頭。」我比出中指。

「寫一首歌給她吧？起碼這是你唯一擅長的事？」新兵衛也提出意見。

「我最近寫的東西，她老人家全都沒有滿意過，還把我的歌詞都帶回去，說她要重新填詞。」我哭笑不得，那天從山上離開，到了捷運站，她就把我抄寫歌詞的筆記本帶走了，至今還不肯歸還。

「那我知道了！」胖虎靈機一動，說：「我們去電器行，看有沒有那種超級大紙箱，最好是裝冰箱或洗衣機的那種，你把自己塞進去，我們負責扛去小天使她家……」

「你的好意我真的心領了。」果然不該來問他們的意見，我搖頭嘆息，把手上那瓶啤酒喝完，已經晚上十點，店內高朋滿座，今天照樣有演出，我們還是乖乖上台表演算了。

「你覺得小天使最想要的是什麼？」剛走開兩步，兔老闆忽然問我。

「我買得起的東西，她應該都不缺才對。」我搖頭。

「但有些錢買不到的東西，或許才是你給得起的，也是只有你能給的不是？」他意有所指地說，讓我忽然懂了些什麼。

錢買不到的，才是絕無僅有的。哪怕只是一句關心的話。

30

「早幾年呢，還在國外的時候，我爸媽沒什麼心思陪我過生日，等後來回台灣，我爸幾乎長年都不在這裡，當然過起生日也沒意思。」

「妳是獨生女耶，他們還會沒心思陪妳過生日？」我納悶，但藝晴只是搖頭苦笑，她窩在我的床上，也不想多說那些陳年舊事，倒是一伸手，要我乖乖地把禮物交出來，而當東西遞到她手上時，她拆開包裝紙，更是哭笑不得，撕下標籤，問我這是怎麼回事。

「禮輕情意重嘛。」有些尷尬，我在文具店買包裝紙，還煞費苦心地把東西包好，但從頭到尾居然沒發現上面的售價標籤根本沒撕下來。

「好吧，換個角度想，這表示你很少送禮物給女生，我應該感到高興才對。」她搖頭嘆氣，但把東西拆開，下一秒她又傻眼了，「這又是怎麼回事？」

「一切都是合情合理，完全照著邏輯在走的。」我很認真地說。

挑選禮物時，原本我有過以下幾項選擇，首先，我可以買一盞新的檯燈，光源要充足，但燈泡的光線必須是柔和一些的，因為我開始懷疑，視力一直很好的藝晴最近也許已經近視，她在幫我縫補那些破舊的枕頭套時，偶爾會出現穿針引線困難，甚至在縫補時還誤戳到自己手指的狀況，因此也許我第一個該買給她的，應該是一盞檯燈。但誰想要收到一盞檯燈來充當生日禮物？

於是我跟著又考慮，或許可以帶她去買雙鞋，藝晴腳下其實從不缺鞋，伴隨著不同樣式的衣服，她總有不同的休閒鞋可以穿，其中一款很百搭的帆布鞋，我起碼看她穿過四種不同顏色，據她自己表示，儘管款式相同，但為了配合衣服的色調，當然鞋子也得更換，對於這種謬論，本人嗤之以鼻，我比較想買給她的，其實是適合走路或跑步的運動鞋，因為最近一起出門時，我就注意到了，她有好幾次都因為腳步不穩，有時是一個踉蹌，有時則真的一屁股坐倒，如果可以換雙鞋，也許就能避免這些危險，但送鞋子似乎有叫人滾蛋的意味，我覺得也有些不妥，甚至我還在想，不如乾脆把檯燈跟運動鞋都省了，我看這丫頭走路不穩的跡象，也未必全只因鞋子而起，就算赤腳在我家，她照樣能在光滑的地板上滑倒，所以我最該掏錢買的，其實是可以鋪滿所有房間地板的塑膠巧拼軟墊？

不過送巧拼墊未免蠢了點，於是我開始考慮最後一個選項，就像兔老闆說的，我可以給得起，卻又不是花錢買的。那就寫封情書吧？我天真的腦袋想來想去，真覺得這是一個再好不過的主意，寫封文情並茂的信，把我所有的愛都灌注其中，讓她看得感動涕零，這點子確實挺經典，但我翻遍了屋子，竟發現家裡沒有一張適合拿來寫信的信紙，好不容易拿出影印過的樂譜，翻到背面來，想打個草稿，卻也腦袋空空，原來寫歌詞跟寫信儘管是兩碼子事，但歌詞都寫不好了，信件的內文當然也乏善可陳。

百無聊賴，趁著早上沒事，我拽了錢包跟鑰匙，索性出門去逛逛，原想到華山文創園區之類的地方，物色一點別出心裁的文創小物，或許可以當作生日贈禮，然而走逛了半天，最後吸引我目光的，居然是園區外面的攤販車上，貼上標價在販售的那些小東西，而最讓我心動的，就是現在交到藝晴手上，讓她目瞪口呆的，一支價值八百九十元，鮮紅色、非常大支的鯉魚旗。

「請問你送這東西，到底想表達的是什麼？」她問。

「平安長大。」我很得意，但藝晴卻笑得連眼淚都流出來了。

一整晚，我們哪裡也沒去，本來晚餐的選擇，藝晴二話不說就要點牛排，但我說西餐廳太昂貴，而且又吃不飽，所以提案否決；跟著她思索了一下，又點名要吃拉麵，但我再次搖頭，拉麵嘛，隨時都可以吃得到，怎麼可以當生日大餐？想了想，可能認為我說的有理，於是她又問我，可不可以吃火鍋，還說以前在加拿大，很少看到台灣這種單人小火鍋，回來那麼久了也沒吃過幾次，現在讓她挑，她最想吃的就是臭臭鍋，但我依舊打了回票，單人小火鍋，那表示我們一旦坐了下來，就只能各吃各的，那還有什麼好玩？而且臭臭鍋這種東西，吃完之後不但渾身怪味，講話的口氣也很糟，最不適合生日當天去吃。最後她也沒點子了，想了好半晌，才終於一擊掌，問我喜不喜歡吃壽司。

「壽司？」

「不是便利商店賣的那一種喔，你休想拿那個來敷衍我。」藝晴說她在台灣吃過了牛排，吃過了拉麵，當然也吃過小火鍋，就剩下迴轉壽司還沒體驗過。「我也不跟你要求什麼高價位的日式料理，咱們就吃最平價的那種，一盤三十元的，這總可以了吧？」

「可以，不過如果妳只是想體驗那種迴轉的感覺，那我還有更好的點子。」點點頭，這次大概說什麼也推不掉了，可是我全身上下也只剩那麼一百多塊錢，根本不可能吃得起。想了想，我打開抽屜，把一堆剩下的零錢全都塞進口袋，拉著藝晴就往便利商店跑。

「就說了我不要吃這個呀！」見我拿起購物籃，放進一堆盒裝壽司，她趕緊大叫。

「妳要知道，日本人是最講究的，不管做什麼，他們都非常仔細，一點也不馬虎。」我說。

「然後呢？那跟你買這種壽司有什麼關係？」

「那妳一定也明白，迴轉壽司講究的，其實不只是食材而已，還有那種循環的感覺，一盤接一盤，繞到妳眼前來，這才是吃迴轉壽司最有趣的地方。」

「所以我們更不應該買這個呀！」她指著籃子裡的東西。

「如果踏進那樣的店裡，妳還得跟一堆陌生人排排坐，只能拿到別人不想吃的，那這種迴轉壽司就遜掉了。」把籃子交給店員，逐一結帳時，我對藝晴說：「我想請妳吃的，是絕無僅有，只屬於妳的迴轉壽司。」

那天晚上，我非常辛苦的，先是打亂了所有桌面上的擺設，清空一切不需要的東西，把她打發到床上去看電視，自己忙活了半天，最後才終於佈置完成，本來以為可以博得佳人喝采，讓她大開眼界，結果等我大功告成，讓她轉過頭來欣賞成果時，藝晴卻目瞪口呆地說：「于映喆，你要是明年再請我吃這種迴轉壽司，我發誓一定會讓你好看。」

「這種的妳不喜歡嗎？」被狠狠潑了一頭冷水，我只能哭喪著臉。

「蠢死了！」她大叫。

擺在我工作桌上的，是一輛輛我苦心蒐集來的火柴盒小汽車，而我特地挑選過，只採用車頂平整，可以擺放壽司的轎車或巴士車款，再拿藝晴擱在我這兒的，那一捲捲手工縫紉用的細線，把它們全都串了起來。一輛接一輛，每一輛上面都是一小塊壽司，這麼用心良苦地整治，足足花了我半個多小時才全部完工，那第一輛車上雖然沒放壽司，但我還特別黏了一根小蠟燭在上頭耶！

「我覺得你不如還是寫一封信給我算了。」嘆口氣，伸手拿起一片壽司，她咬了一口，苦著臉說：「壽司飯粒都硬掉了啦！」

儘管這一切確實有點蠢，我也承認自己不是很浪漫的人，但當我終於吻上了藝晴的唇邊時，我很認真地告訴她，或許現在沒辦法給她更好的生日禮物，也請不起一頓昂貴的生日大餐，但只要再多一點時間，當年我來不及讓奶奶過上更好的生活，可是未來我卻可以給她更甜美的每一天。

「不要忘記你現在說過的話喔，我可是會記得一輩子。」她輕輕地說。

「只要妳願意等我的話。」我笑著，再給她一個吻。

本來這是我第一次真心地答應她留下來過夜，因為藝晴的母親今晚跟幾個台灣的親友一起結伴南下，到高雄去探望一位長輩，而她也已經報備過，會跟班上的同學在一起，我還特地換好了床單，也把老是堆放在床上的雜物都挪開，想讓她安安穩穩睡一覺的，然而當我們壽司吃完，聊得也夠了，她正想打開今天提過來的小提袋，拿出換洗衣物進浴室洗澡，擱在桌上的手機忽然響起，而她看了之後卻一愣。

「怎麼了？」我問。

「是我家的電話號碼。」她倒吸了一口涼氣，正想轉身，走到浴室去接聽，結果一不小心，明明地上沒有任何阻擋，可是她臉上表情卻忽然顯得痛苦，跟著雙腳一軟似的，整個人跌了下去。

我嚇了一跳，急忙跳下床來，正想伸手去扶她，卻看到藝晴面色蒼白，臉上滿是驚惶失措，手機掉在地上，而她雙手按著自己膝蓋的關節，嘴裡喃喃自語地反覆說著同一句話：「終於還是來了，終於還是來了，是嗎？」

「不用擔心，必要的話，讓我跟妳媽碰個面，我……」我的話還沒說完，卻見藝晴害怕得已經流下眼淚，她緊緊抓住我的手臂，指甲幾乎都掐進了我的肉裡。

「我就知道，一定躲不掉的，我的腳開始痛了，輪到我了，終於輪到我了……」哭著，她說。

我們開心地以為拿到跨進天堂的入場券時，往往才發現深淵已近在眼前。

31

「很意外，沒想到第一次跟于先生您碰面，是在這樣的情況下，不好意思。」微微點頭，嘴裡雖然說著不好意思，但臉上其實沒有半點致歉之意，劉媽媽的臉色是我說不上來的感覺，非常冷淡，像一堵找不到縫隙的牆，但在拒人於千里之外的淡漠中，又有一種連我也沒看過的微微感傷。

「您好。」我也行禮。劉媽媽大約四十幾歲，但因為保養得宜，看來很年輕，臉上幾乎沒有細紋，眉宇之間也確實與藝晴有幾分相似。

「前幾天，很冒昧麻煩您跑一趟，把小女送回來，謝謝。」她先致歉，然後又道謝，我幾乎可以想像得到，所有好聽話說完之後，接下來大概是怎樣的台詞。

「我就開門見山地說了，如果有不中聽的話，還請您見諒。」她依舊保持禮貌，說：「身為藝晴的母親，對於她現在的所做所為，應該抱持怎麼樣的態度，我想即使只是用猜的，您也一定都猜得到。我不是反對她交朋友，但朋友分很多種，依照她現在的情形看來，最不需要，也最不應該的，大概就是交往涉及男女情感的那一種朋友。本來呢，我對她的表現就一直不是很放心，尤其她最近總好像有事情瞞著我似的。不好意思，我只是想稍微測試一下，看她是不是真的跟同學一起過生日，沒想到卻把您也牽扯進來。」

我點點頭，這種心情我可以理解，也只好聽著她繼續說下去。

「她今年已經高三，很快就要大考，姑且不論將來是否還會留在台北，眼下就不是她談戀愛的好時機，我先生雖然長年不在，但對小女同樣關心與在意，他把照顧女兒的責任交給我，你知道我的壓力並不輕鬆，特別是在這麼緊要關頭的時候。」說著，她往遠方看了一眼，又轉過頭來面向我，「在國外住了很多年，說真的，在風氣比較開放的地方待久了，我們對這種事其實並不是真的那麼傳統或保守，這只是一個時間點的問題。要交男朋友，那當然可以，只要是在她身體健康，課業也順利的前提下，選擇一個適合的對象，我們都不會有太大意見。」

「我知道。」除了這三個字，我其實不知道自己還能說什麼。

「但這三個條件當中，跟于先生有關的，這第三點條件，一個適合的對象，您覺得自己符合嗎？」本來這是一句頗傷人的話，但她方才的語氣中，卻沒有明顯的嘲諷意味，反而讓我有些搞不懂。

「我沒有冒犯的意思。」她也察覺了自己話語裡的尖銳，客氣一笑，化解尷尬，又說：「當初我想帶小女離開溫哥華，讓她換個環境，幾個地點讓她挑選，二話不說，她就選擇了台灣。那時我覺得很不解，我們在這裡雖然有房子也有親戚，但她跟台灣幾乎沒有任何接觸，為什麼會選擇這裡？她對這個地方是絕對陌生的，你問她台灣有幾個縣市、有多少特色，她只怕一個都答不出來，可是為什麼非得選擇這裡不可？當時我跟我先生都很納悶，但後來慢慢觀察，我這才稍微明白了一點緣故。」

「這個我大概也知道。」有些汗顏，我實在說不出口，說藝晴千里迢迢而來，就只是因為我。

「我很佩服您在音樂上面的努力，幾首歌，卻感動了很多人，甚至讓我的女兒不遠千里，飄洋過海也想回來看到您。」她點頭，但又搖頭，說：「可是這不能成為理由，我沒辦法因為這個緣故，就點頭答應讓您跟她交往。」

「劉媽媽，如果我跟妳說，我對藝晴是認真的，並不像您以為的那樣，只是一個歌手與歌迷之間的遊戲，您會改變觀點，同意讓我們在一起嗎？」我不想再聽她說下去。

「不會。」結果她答得斬釘截鐵，「或許在您來說，這是一個可以透過溝通與共識解決的問題，但對我來說，卻是一個沒有任何轉圜空間的決定。您沒有養兒育女的經驗，恐怕無法了解我的心情，但我還是必須再跟您強調一次，藝晴是個很特別的孩子，我沒辦法讓她跟您交往。」

「是因為我的職業嗎？」

「當然有一部分關係。」她點頭，「但就算換了一份工作，當一個朝九晚五的上班族，您也不可能一天廿四小時，全心全意陪伴在她身邊，而她需要的，就是這樣的照顧，您可以嗎？」她客氣一笑，說：「只怕應該是不行吧？」

我頹然長嘆，不曉得自己還能說什麼，隔了好半晌，抬起頭來，我只問了一句，想知道是否還有機會再跟藝晴碰面。

「對不起，」而她用一句道歉的話來拒絕了我。「或許您也察覺到了，她最近身體不是很好，如果可以的話，我希望讓她處在平靜的心情下，好好靜養。」

「身體不好？她沒事吧？是不是哪裡不舒服？」我皺眉，忽然想起藝晴生日的那天晚上，那些異常的言語，還有她滿是驚惶的眼神。

「看樣子您對她還不是真的很了解。」依舊露出淡淡的微笑，只是笑裡又帶點苦，劉媽媽說：「詳情如何，我想這就不足為外人道了，既然她沒提過，想來是刻意不願讓您知情，當然我也就不好多嘴。這方面的事，您可以不用擔心，我先生已經決定，在最短時間內趕回台灣，相信我們可以提供她最好的照料。」她又朝我深深一鞠躬，說：「那麼，就請您也保重了。」

我滿腦子都是那句「不足為外人道」，搞了半天，花了幾個月時間，最後才終於能在一起，但我在她家人眼裡，依舊只是個「外人」而已。而原來這就是想念一個人的感覺嗎？當我兩天足不出戶，除了喝水之外，完全沒吃任何東西，甚至連睡都睡不著，只能躺在床上，任由疲倦爬滿全身，卻一點睡意也沒有。

菸盒早就空了，但沒有想抽菸的感覺；肚子一直咕嚕叫，也絲毫不見食欲，我像個死人一樣，動也不動，一直躺了好久，最後才翻了翻身，趴在枕頭上。灰白色枕頭套原本破損的邊緣被藝晴刻意用鮮紅色的細線縫補過，挑個顯眼的顏色，才看得出縫補的痕跡，她那時是這麼說的，原本是想讓我記住她靈巧的手藝，但現在反而成了最刺痛我眼睛的存在，我再轉頭，那個跟她很像的女生布偶就掛在我工作桌的檯燈上，一動也不動，好像也失去了生氣一般，只是靜默地望著我。

為什麼會是這樣的結果呢？我百思不得其解，她母親那天本來要南下高雄，卻忽然折返，而藝晴分明報備過，是要跟班上同學一起慶生，我想不到這段日子以來，到底哪裡露出了端倪，會讓劉媽媽察覺有異，還演了這一齣戲來試探自己女兒。自從當天晚上接到電話，送藝晴回家後，大概手機又被沒收，過著禁足生活了吧？好幾天沒她消息，網路上也不見蹤跡，就像人間蒸發了一樣，等到最後，我只等到一通劉媽媽的來電，約我在國父紀念館附近的咖啡店碰面，但是那天，我們誰也沒喝上半口咖啡。

手指輕撥琴弦，發出鏗鏘的微聲，我把木吉他抓過來，也不起身，躺在床上，原本只是下意識地輕輕撥弄幾下，想在這房間裡製造一點噪音，然而不曉得為什麼，忽然就隨意捏出了幾個和弦，而我右手快速刷彈，接連變奏，一陣弦音在吉他的共鳴箱裡迴蕩，還沒消散，無數個下一波的聲浪隨即掩蓋過去，我沒有刻意要彈什麼曲子，也不是想唱歌，我只想動動手腕、動動手指，證明自己還活著。可是活著又怎樣呢？也不過就跟個廢物一樣，只能躺在這裡不是嗎？愈想愈是無奈，愈感到無奈就愈是生氣，我很想再見藝晴一面，想釐清那些疑惑，也想知道她的身體究竟出了什麼毛病，而更重要的是，我知道她現在一定既難過又害怕，她似乎害怕著有什麼不可抗拒的惡魔正侵蝕上身，而難過著在這樣的時候，卻沒有我在身邊。

我想去找她，很想，非常想，但我哪裡也去不了，想見一面都不可得。又悶又氣，手腕甩得飛快，用力一刷，指甲在琴弦上不斷摩擦，最後一個不小心，「嘣」地幾下響，我居然一次彈斷了三根琴弦，斷弦打在手上其實一點也不疼，可是我居然有一種痛得想哭的感覺。

「我已經打了兩天電話，是不是又想逼我去踹門，把你拖下床來？」不曉得又過了多久，手機再次響起，其實已經兩天沒接聽了，只要看到不是藝晴打來的，我真的很懶得囉嗦，但它響了又響，最後我只好伸手按下接聽鍵。

「放心，我還沒死，如果真的死了，我會去你夢裡跟你告別。」直接按著擴音，我說：「今天下午的練團取消，大家回家練自己的東西就好。」

「為什麼？」

「因為我失戀了。」說完，我伸出手去，也不管醜貓在電話那頭驚詫地大呼小叫，我直接把它掛斷了。

為什麼？我也很想知道為什麼？但人生在世幾十年，有幾件事情，我們可曾真的搞懂過它到底為的是什麼？我長長嘆了口氣，手一摸下巴，滿滿的都是鬍碴。外面陰雨綿綿，這本來是個在家睡覺的好天氣，但我站起了身，脫下已經髒臭的衣服，改換一件乾淨的上衣，套上長褲，抓了鑰匙跟手機，隨手也把頭髮撥順。人生有無數個為什麼，但不是每次這麼問了，答案就會從天上掉下來，有更多時候，我們得自己去撥開謎團才行。

「你要出去嗎？」打開門，我還沒來得及低頭找鞋子，卻看到剛走上樓梯的藝晴，雖然手上拿著傘，但還是被雨淋濕了大半邊的身子，滿是憔悴，兩頰都凹陷了，站在門口，她疑惑地問。

「本來是打算出門一趟的。」

「去哪裡？」她問。

「去找妳。」我答。

我們在最苦難的時候，只想做同樣一件事——握住彼此的手。

「你知道，人的一生當中，平均會聽過大概多少首歌，又會被幾首歌曲所感動嗎？」躺在我的懷裡，藝晴問。

「不知道。」我搖頭。

「其實我也不知道，」她一笑，在我身上賴夠了，這才願意坐起身來，微側著，她說：「那你不覺得好奇嗎，到底一首歌可以給人多大程度的感動，為什麼那種感動的力量足以支撐一個人的生命？甚至成為一個人活下去的勇氣？」

「這世界上有這樣的歌嗎？是教會裡的聖歌才做得到吧？」

「我可不知道于映喆還寫過聖歌。」她笑著。

來到我家，她依舊揹著那個隨身的大包包，從裡面取出一本相簿，遞到我面前，打開其中一頁，照片上有兩個女孩，一大一小，大的那個約莫十三、四歲，小的則看似只有八九歲。

「這是一對姊妹，你猜猜看，哪一個是我？」

那當下我有些錯愕，為什麼是姊妹？藝晴有姊妹嗎？看著我愕然，她坐了下來，「我本來還有一個大我五歲的姊姊，如果她還在的話，今年已經二十三歲了。」

「什麼意思？」我忍不住坐了起來。

「你還記得吧，我說過，我是為了一首〈藍色翅膀〉，才從那些選擇當中，挑選了一個其實我同樣非常陌生的城市。不去上海或北京，我就只是為了你，為了那首歌，才決定要回台北。」藝晴說：「但那首歌起初並不是我最愛的歌，真正喜歡它的，是我姊姊。在她過世前，只有那首歌響起時，她才會出現明顯的反應，有時候是眨眨眼睛，有時候甚至還可以稍微動一下手指，儘管別人可能看不出來，因為她能挪動的幅度非常小，但我就是知道，她是在告訴我，說她喜歡那首歌。」

我聽得模模糊糊，不知如何插話，藝晴又說：「一開始，我並沒有特別喜歡這首歌，但因為常常在我姊的房間裡，放這首歌給她聽，有時我會感到好奇，想知道歌詞的內容，卻一次也沒有認真地去了解過，一直到她過世了，我們在整理遺物的時候，我才看到夾在她枕頭下的歌詞本。」

「然後呢？」

「然後我就在想，到底為什麼她會這麼喜歡這首歌？這問題既然已經永遠無解了，那寫這首歌的那個人，他又是為了什麼會寫出這樣的曲子呢？這我倒是很想知道。」從包包裡又掏出第二樣東西，赫然就是歌詞，那是我參加過的男子團體剛出道時所發行的第一張專輯。

「本來只是抱著緬懷姊姊的心情，我才偶爾聽聽，反覆聽著同一首歌，總能感覺到我姊好像還在，很奇怪喔，她最後的那幾年，完全不能走，不能動，連表情也沒有，但是當她過世後，當我再聽這首歌時，我腦海中浮現的，卻是我姊笑得很開心的樣子。小時候，她最喜歡伸出手來，用手指戳我的額頭，每次聽這首歌，我都覺得額頭痛痛的，就好像她又在做這個動作。

「因為這樣，所以我變得更喜歡這首歌，也因為更喜歡這首歌，我開始在網路上搜尋關於你的消息，我想知道寫歌的人是誰，想知道他為什麼會寫這曲子。其實，你們那個男子團體真的爛透了，其他那幾個，除了長相好看之外，唱歌簡直有夠難聽，整個團也就光靠你一個人的才華在支撐。溫哥華雖然離台灣很遠，但那裡華人非常多，我找到很多關於你的資料，心裡就想，自己是不是有機會可以回到台灣來看你。」

「妳真的做到了。」我點頭，而她也點頭：「姊姊過世後，我爸媽一直想搬家，想換個遠一點的地方，或許是怕觸景傷情，也可能是希望給我一個比較不同的環境，免得老是活在姊姊過世的陰影下。他們其實很怕聽到你那首歌。」說著，她一笑。

「到底是什麼病？」我覺得自己是該這麼問了。

「小腦萎縮症。」像在談論一個與自身毫無關係的話題，藝晴的語氣平淡，但每一句話都讓我驚心動魄，她說：「這是一種遺傳性的罕見疾病，從輕微的肢體不協調之類的小症狀開始，到最後則是全身癱瘓，連吞嚥都沒辦法，只好躺在床上等死的超級大爛病，它沒有任何有效的治療方式，因此也沒有痊癒的機會。說它是罕見疾病，其實全世界有幾十萬人都罹患，總之呢，就是看誰倒楣而已，誰的基因有問題，誰就出事，這麼簡單。」

「而妳……」我幾乎不敢把話說出口。

「姊姊發病的時候，我爸媽就帶我去驗過DNA，只是從來沒告訴我真相，我也以為自己很幸運，可以逃過一劫。真的，我本來覺得，自己是世界上最幸運的人，不但沒生那種怪病，還很健康地活到十八歲，而且我回到了台灣，回到了台北，終於見到了你，也終於能夠跟你在一起，世界上還有比這更讓人感到開心、感到幸運的事嗎？我滿腦子想的全都是我們的未來，很希望我們可以一直這樣繼續下去，那些我姊在短暫一生裡所沒有機會體驗的，我都可以跟你一起去經歷，本來我就是這麼認為的，只是，結果顯然不是這樣。」有些苦笑，她說：「現在你知道了，為什麼我喜歡那首歌，為什麼我喜歡你。」

「知道了。」我點頭。

她臉上帶著淺淺的微笑，我知道那是壓抑了內心所有的悲傷與苦痛之後，才能勉強擠出來的一點點微笑。把相簿跟歌詞本都收進包包裡，再把包包掛上肩膀，她說：「那我就可以安心地回家去了，我媽只肯給我兩個小時。」說著，她就要往門口走去，那當下我也站起身來，再次把鑰匙跟錢包抓在手上。

「你也要出門？外頭在下雨呢。」她問。

「兩個小時，應該辦得完結婚登記吧？」我笑著：「如果妳還願意的話。」在她臉上輕輕一吻，我說：「這本來就是我今天要找妳一起去做的事情。」

愛情跟DNA一點關係都沒有。

「現在怎麼辦？」一整晚的演出結束，我只覺得渾身無力，幾個小時的表演雖然撐過去了，但一收拾完東西，我忽然覺得店裡的酒精與食物氣味，乃至於酒客身上各式各樣的味道，混成讓我難以忍受的刺鼻感，趕緊奪門而出。我在暗巷的水溝邊直接吐了出來，醜貓他們嚇了一大跳，嚷著要送我上醫院，但我搖搖頭。我知道那不是身體出了毛病，而是心理壓力所導致的。坐在兔老闆的店外，聽我把事情慢慢講完後，新兵衛皺著眉頭，臉帶擔憂，問我接下來如何是好。

「我也很想知道現在到底該怎麼辦。」有氣無力的，我說。

那天我們終究沒有去戶政事務所完成結婚登記，不只是因為藝晴雖然有個神奇的大包包，但裡面卻沒有半張身分證明文件，更主要的，是她說不想在這種情況下嫁給我。

「有沒有需要我們幫忙的地方？」胖虎也難過地問。

「有，」我說：「讓我靜一靜，謝了。」

不想把他們也捲進來，因為那只會讓事情更複雜，他們其實是做不了什麼的，我卻反而會多了很多不必要的說明或解釋。讓他們知道藝晴的大概情況，其實也就夠了。

夜深了，但兔老闆的店裡喧譁依舊，在樂團演出結束後，通常還會鬧上一陣子，直到凌晨兩點才開始打烊。我不想在裡面多待，獨自在外頭抽完了一根菸，原本要進去拿包包，準備騎車回家，但就在起身時，卻看到一輛計程車飛快駛來，直接停在店門口。

「妳怎麼來了？」我愣了一下，車門推開，藝晴臉上滿是倉皇，她拉著我的手，要我快點跟她上車。

「先把話說清楚，到底是怎麼回事？」有些疑惑，我搖頭。

「再不走就來不及了！」她焦急地說：「我媽跟在後面！」

劉媽媽也出來了？我驚覺事情有些不妙，當下更不可能一起上車，反而把她叫下來，伸手到口袋裡，掏出錢包，先把計程車打發走再說。

「你幹嘛啦！」她急得都快哭了。

「台北能有多大？台灣能有多大？妳跟我能逃到哪裡去？」我苦笑著說：「又跟妳媽吵架了，對吧？」

「你知道我們為什麼吵架嗎？」她急著說：「因為我跟她說了，說你要娶我！」

「那不是正好？」我拍拍她肩膀，「我是想娶妳，但是是光明正大的娶妳，而不是跟妳私奔，好嗎？我……」我的話還沒說完，路口又轉過來一輛計程車，它來得更急更快，一樣也在店門口剎車，然後我看到面若寒霜的劉媽媽。

「您好。」還牽著藝晴的手，讓她縮在我背後，走兩步上前，本來要恭恭敬敬打聲招呼的，然而劉媽媽沒給機會，她一甩手就先打了我一巴掌。

上次挨巴掌是什麼時候？我老早想不起來了，沒想到長到這麼大，第一個在我臉上揮掌的，居然是我女友的母親。一陣熱辣疼痛，我沒有閃躲，也沒有還手，只是搓搓自己的臉頰，問她是不是有什麼誤會。

「你牽著誰的手？我女兒現在躲在誰的背後？而你還好意思問我是不是有誤會？」不比上次的溫文儒雅，劉媽媽顯然也怒不可遏，她指著藝晴，卻是對著我發話：「我告訴過你什麼？那你現在在做什麼？」

「您希望我放棄，離開您的女兒，這我當然記得。」舌頭在嘴裡攪了幾下，確認自己沒被剛剛那一巴掌打傷，我說：「但我不記得自己有答應過您的要求。」

「不答應又怎麼樣？你以為你自己是誰？你養得起她嗎？」劉媽媽的聲音大了起來，「她已經病了，你養得起她？你照顧得了她？我不想把話說得太難聽，但是于先生，我想請教你一下，請問你一個月賺多少錢？能不能提供她一個安靜的復健環境？你甚至連什麼叫作小腦萎縮症都不知道，你憑什麼要照顧她！又憑什麼要娶她！光靠你在這種地方，一個星期來演唱三天，不是我不給你面子，但我很懷疑你是不是養得活自己，而你居然敢誇口說要娶我女兒？你不要糟蹋她就好了，我真的沒敢奢望你這種人能怎麼照顧她！」

「妳女兒不是鑲金的，沒有那麼難養。」這種大逆不道的話當然不是我說得出來的。店門口開處，醜貓一臉不爽。

「妳要嫁女兒還是賣女兒？如果打算秤斤論兩賣，那妳開個價好了，我們總是籌得出來的，妳不用擔心。」一把手搭在醜貓的肩膀上，平常總是和顏悅色的新兵衛也滿臉不屑。

「到底是誰在糟蹋這位小天使，妳確定是他？或者其實是妳自己？」連胖虎也瞪著眼。

就怕事情愈鬧愈大，我趕緊接連使眼色，想叫他們退下，但這時兔老闆已經走了出來，背後還跟著一整票看熱鬧的觀眾。兔老闆看看我，看看藝晴，最後再看看劉媽媽。

「劉藝晴小姐，請問妳是不是願意嫁給于映喆先生，不管他富貴或貧窮，健康或殘疾，妳都願意守護、陪伴與照顧這個妳所愛的男人，直到永遠？」一臉正經，但講出來的卻是非常無厘頭的台詞，而始終躲在我背後的藝晴也不管她母親橫眉豎目地就在眼前，很大聲地回答：「我願意！」

「于映喆先生，我聽說你旁邊這個女孩罹患了一種少見的疾病，但請問你是不是願意娶她，不管她身體狀況如何，不管她是不是可以帶來豐沛的嫁妝，更不管你們能廝守的時間還剩下多久，你都願意陪伴在她身邊，直到永遠？」兔老闆戴著荒謬的帽子，一樣嚴肅地看著我。

「我願意。」

「那不就結了？」這時他才露出本來面目，輕佻地一笑，轉過頭去對劉媽媽說：「既然他們都決定了，那請問妳還有什麼意見？」也不等對方回答，兔老闆再次把頭轉過來，當著我們這些人，也當著一旁湧到門口來看熱鬧的所有酒客們，他大聲地說：「既然在我的地盤，當然什麼都是我說了算，老子現在宣佈，你們已經是夫妻了，就這樣！」

一對相愛的戀人，需要的不是華麗的婚禮，而只是想跟彼此在一起的決心。

站在異國的舞台上，我看不見觀眾，不曉得他們是怎樣的面孔。除了頭頂正上方，有一束明亮的黃色光線外，周遭全部陷入漆黑，一切都已準備就緒，就像下午彩排時那樣。我想輕輕閉上眼睛，好好感受自己此刻的心情，但整個活動流程都必須控制在時間內，根本由不得我在這裡胡思亂想太多。

「我會在這裡等你，等你來接我。」腦海裡閃過的，只有即將開演前，藝晴在電話裡的這句話。

電吉他的聲音響起，顆粒粗糙的音色劃破了寂靜，原本凝聚的光束中，我還能清晰看見空氣中的懸浮，但這一秒，伴隨著音樂聲，整個舞台瞬間亮了起來。我看不到那些觀眾們的表情，卻在心裡想著，香港的朋友，好好欣賞我們的音樂，即使只有兩首歌，你們也會從此記得「貓爪魚」。

沒有失敗的空間，也沒有回頭的第二條路，我們只能朝著前方筆直地前進。這可能是我們一生中能掌握的唯一一次機會，而機會稍縱即逝，誰也不能給自己留下後悔的餘地。所以我們要在一起，不打算受到任何人的影響。離開台灣前，我是這麼對藝晴的母親表達立場的。

那天晚上，敵不過所有人的氣勢，劉媽媽態度終於軟化，她沒有歇斯底里地跟我拉扯，也沒有報警處理，卻在看看自己女兒堅定的神情後，黯然嘆了一口氣，搭上了那輛計程車。

在所有人歡天喜地的叫好聲中，我載著藝晴回家，但其實誰也沒有喜悅的心情。她告訴我，父親已經在回台灣的路上，而在此之前，一連串的檢查都已排入行程，接下來的半個寒假，她將不再有任何自由，除了行蹤必須完全讓母親徹底掌握外，那些等著她的醫院儀器，她一個也閃不掉。

「所以妳們就吵架了？」我只問了這一句。

「是她先跟我吵起來的。」她嘟著嘴。

「誰先發脾氣的，這還有差別嗎？」我攤手苦笑。

那一晚，我們誰也睡不著，本來一張不算大的床，兩個人各自躺在自己的角落，大家都沒開口。那不是她第一次在我的住處過夜，卻是我們頭一回把燈關了，一起躺在床鋪上。

「你是認真的嗎？」微光中，她忽然問。

「我只做我認為對的事情。」

「但這是對的時候嗎？」

「沒有比這更恰當的時機了。」我說，伸出手，輕輕地與她交握。

而隔天一早，還不到十點鐘，我把藝晴叫起。其實她自己清楚，台灣真的不大，沒有我們能逃的地方，兩個人想在一起，有些關卡勢必是得去突破的。當機車慢慢騎回到國父紀念館附近時，我請她先打個電話，約劉媽媽下樓碰個面。

「你可能會被殺。」她皺著眉頭。

「那正好，平白賺了一個新聞版面，」我聳肩，「雖然我其實比較喜歡影劇版，而不怎麼偏好社會版。」

沒有之前的溫和客氣，但也不若前一晚的氣燄高張，劉媽媽今天很樸素，整個人都消沉了下去，看來昨天晚上並不只有我跟藝晴沒睡好。

「這其實是第二次，我把您的女兒送回來，理由都一樣，」我在點頭招呼後，直接開口說：「為的就是有一天，您與劉爸爸可以點頭答應，讓我們公開交往。」

一語不發，她只是瞅著我看。

「因此，我也要向您保證，這肯定是我最後一次讓藝晴這樣帶著難過回家。」我說：「就算我能為她做的，遠比不上您們夫婦所能為女兒付出的，但我會竭盡自己的能力，讓她除了快樂之外，再沒有別的煩惱，也會讓她跟所有與她同年齡的孩子一樣，平平安安，沒有任何不同。」

「說的總是比做的簡單哪……」劉媽媽長嘆一口氣，「你真的知道該怎麼照顧她嗎？」

「就算我以前不懂，但從現在開始，我會去努力了解。」我點頭。

只是搖頭，劉媽媽臉上有難過的表情，看著女兒，她說：「妳爸要我別管公司的事，叫我什麼都不要想，全心全意只要負責照顧妳就好，妳說我現在該怎麼跟他交代？」

「我很樂意在劉爸爸回台灣後，跟他也見一次面。」手握了握藝晴的掌心，我代答。

第一首是我們樂團最近才排練完整的快歌，所有的旋律、節奏全都配套到位，唱片公司的佑哥讚不絕口，一直嚷著要把它當成新專輯的主打歌，一邊讚嘆的同時，也不斷鼓勵我們繼續延續此風格進行創作。有了他的支持，團員們顯得很起勁，今天他人就在後台聽著，大家當然不想讓他失望。很快跑完整首曲子，幾乎馬不停蹄，也沒有任何的台詞，我們所有樂器都漸漸壓低音量後，只剩胖虎一下下地踩著大鼓，怦然撼動的鼓聲中，我只喘了幾口氣，跟著聽到新兵衛那邊的貝斯聲，很低沉，有叮咚起伏，反覆繚繞在這偌大的室內表演空間裡，然後是醜貓的吉他加入，於是第二首歌揭開序幕。

很短暫的演出，但已經足以為我們接下來的樂團事業奠定基礎。本來依照佑哥的安排，這兩首歌演出結束後，我們會等真正的主角唱完，大家一起參加慶功宴，同時也趁機認識幾位香港流行音樂圈的大老，為將來做點準備。但我婉拒了，比起這些，我還有更重要的事情。

「我知道，沒關係。」在飛機上就聽我說了最近的那些事，佑哥拍拍我肩膀，說：「喝酒談生意的事情交給我處理就好。你好好表演完後，還是趕緊回家陪老婆吧。」

「謝謝。」我由衷地道謝。

不是第一次來香港，但距離上一回總也已經過了幾年，只是我沒時間瀏覽城市風情，更沒空去理會那些五光十色的街道景致，演出才剛結束，我把所有東西交給團員們，立刻搭著保母車又直接奔赴機場，一直到了在候機室等待時，才終於有時間到洗手間去，把臉上、額頭上那些為了演出而塗抹的所有東西都稍微擦拭一下。

已經很晚了，但當車子開上前往台北的高速公路時，我頭倚在車窗邊，卻一點都不覺得疲倦。那天晚上，藝晴躺在身邊，我們聊了很多，我終於明白，為什麼她小的時候，父母沒有太多心思可以幫她慶生，那是因為她還有個已經發病的姊姊，比她更需要照顧，而我也才明白，為什麼打從第一次見面，她就死纏著我，非得聽到那首〈藍色翅膀〉不可，因為那就是支撐著她姊姊，後來也支撐著她的一首歌，而那首歌，是我寫、我唱的。

我們都渴望自己身上長出一對翅膀，卻不知又能飛向何方。

35

「旅途奔波，辛苦了。」

「哪裡。」當眼前這個男人對我伸出手來，我其實有些錯愕。想像中的劉爸爸，既然身為一個生技中醫大藥廠的負責人，那應該是高大英挺的樣子不是？然而此時站在我眼前的這一位，個子瘦削，一點也不魁梧，比起在台灣與香港之間趕來趕去的我，他臉上還更顯疲憊，只是當開口說話時，語調平穩而和緩，眼神也十分銳利。

招呼我進到客廳，在沙發上坐下。大概是因為丈夫在場，比起前幾次碰面，劉媽媽顯得十分安靜，她端給我一杯茶水後，便退到旁邊的單人沙發座上，而我也沒看到他們家裡的傭人。

「聽內人跟小女提到了一些你們之間的近況，我其實沒有過問太多，主要就是為了避免產生先入為主的印象。所以，我對你的了解，大多來自網路上的查詢。」

「是。」我點點頭，但也告訴他，網路上查得到的，只怕都是些陳年舊事了，現在我早已不再是當年男子偶像團體的一員，反而混跡在Pub裡，當一個小小的樂團主唱。

「但你這樂團表現得也不錯不是？我聽我堂弟說了，你們是見過面的。」他微笑。

「是的。」我有些尷尬，果然大人都是靠不住的，藝晴還說她那個族叔非常講義氣，結果還不是什麼都洩漏出去了。

「你不要誤會了，公司平常有多少公關活動、需要多少支出，我本來就偶爾會關注一下，這些記錄在帳面上的東西，根本不足以成為祕密，我只需要動動手指，就可以一目了然。」他淡淡一笑，又說：「閒話就不多說了。關於小女所罹患的疾病，相信你已經有了一定的了解。本來，在早幾年她姊姊發病時，我們就很認真去研究過，想研發適合的輔助性藥材，你知道，這本來就是我所從事的工作。只是很可惜，最後還是徒勞無功，她姊姊也終究還是離開我們了。當時，我們一樣帶著小女，在醫院檢驗過DNA，其實那時就已經得到答案，只是我們夫婦倆商量過後，決定暫時隱瞞她，不願意她就此失去對人生的希望，別的小孩是怎麼長大的，我們想讓她也這樣長大，過著跟別人一樣的生活。」

「可是她終究還是發病了。」我嘆氣。

「一般來說，小腦萎縮症的患者，從發病到過世，平均時間大約在十五年左右，但這只是一個平均值，事實上，我們的長女，從發病到過世，中間也不過才短短四、五年，時間非常快。」劉爸爸說：「因此，不管內人的主張是什麼，其實我最想問你的，只是一個很簡單的問題，但這問題雖然簡單，卻不容易做得到。」

「我知道您想問什麼。」我點點頭，沒讓他問出口，「我能夠說的，其實也很簡單。

比起一般跟我同年齡的人，或許我經歷過的人生轉折會比他們更精采，也更豐富一點，但正因為這樣，所以我更明白，在多采多姿的世界裡，在千變萬化、充滿誘惑的生活裡，那看似渺小而微不足道的真心，才顯得彌足珍貴。

「我們人活著，最大的價值，不就是找到一個值得自己奉獻一生去守護的物事嗎？我很慶幸，自己在二十幾歲的時候就懂了這個道理，而這個道理，就是令嫒教會我的。」

「是小女？」

「我跟您一樣，都想讓她過一般人的生活，但除此之外，我更希望，在一般人生活的所有感受當中，她的喜樂可以多於悲苦；而如果這些喜樂能因為和我在一起而獲得，那我願意，非常願意。」

「但你提供不了那些幫她復健的種種所需。」他說。

「那些檢查的機器、復健的機器，還有各式各樣的中藥或西藥，姊姊什麼都用過，也什麼都吃過，但結果是什麼呢？」我還沒回答劉爸爸的這問題，藝晴卻走出房門，直接接過了話題，我看見她手上還是那個逃家專用的大包包，身上也穿著外出服，儼然是一副收拾好了，隨時準備跟我走的打扮裝束。

「妳……」沒料到女兒會走出門來插嘴，劉爸爸有些錯愕，他想揮揮手，叫女兒先退下，但藝晴搖搖頭，走到客廳中間來。

「如果最後的結果都是無可避免地要走到那一刻，那你們想過嗎，比起跑不完的檢查流程、做不完的復健，還有吃不完的各種藥物，當時姊姊更想要的，可能是自由自在，盡情地做自己想做的每件事，讓她的一生不留遺憾？」她把包包拎在左手，卻用右手拉我起身，對她父母說：「如果同樣的抉擇，也讓我選一次的話，我想選他。」

默然無語，隔了好久好久，劉爸爸吁了一口長氣，抬頭看向我，「我想問的問題，你已經非常清楚，也解釋得夠詳細了，但我還是想聽你親口告訴我，關於你的一個簡單的答案。」

「我選她。」我說。

即使黎明曙光終究不來，至少無止盡的長夜裡，還有我。

這是我第一次用如此虔誠的心情，坐下來為妳書寫。

或許文字所能傳遞及表達的，遠遠不及內心思維的迅速，也難以完整概述出所有龐大跟複雜的想法，但我就是這麼認為，這或許是一個開頭，未來的日子裡，也許還有無數個夜晚，我將這樣坐在妳的床邊，一邊望著妳睡著的模樣，靜靜的，為妳寫下一點什麼。

我可以筆記生活裡的瑣事，也可以像此時這般，寫下我在一場很棒的演出之後，心裡滿滿的感動與感觸，儘管非常可惜的是妳無法到場，但我卻依舊在舞台上，想著妳的模樣，那種感覺，就像很久以前那樣。

這世上，有些什麼會隨時間消逝成空，有些則鏤刻在我們心裡，永遠也不會失去。

36

坐在錄音師的旁邊，除了透過喇叭傳遞出來的音樂外，再沒有一絲雜音，連背後有人走動，腳步聲也被厚厚的地毯給吸收，幾乎不聞任何聲響。小空間裡的五個人，全都屏氣凝神，注意力完全集中在那段我們已經反覆聽了好幾次的旋律上。

「我覺得還是少了點味道。」錄音師的職責其實不只是錄音而已，長期浸淫在這樣的工作裡，他聽過的現場彈奏非常多，當然見解也不差，「你們不覺得嗎，他彈起來很生硬，一點都不活潑，少了靈活的感覺，整首歌的氣氛就死掉了。」

「是應該可以更好。」佑哥也贊同這意見。莫可奈何，剩下我、醜貓跟胖虎，我們當然也只好跟著點頭，於是透過麥克風的聲音，錄音師對隔著一道厚重的透明玻璃，人就站在隔壁房間，哭喪著臉的新兵衛說了非常殘酷的四個字：「再來一次。」

已經不知道再來幾次了，同樣的段落，新兵衛老是彈不好，我想應該不是狀況差，或者能力不足所致，而是因為壓力的關係吧，佑哥年輕時是地下樂團的知名貝斯手，十指功夫璀璨生花，別人只能彈出低音陪襯效果的四條弦，到了他的手上，不但搶過音域寬廣的吉他，還能比主唱更具風采，有這樣一位前輩高人在場，新兵衛無論如何也輕鬆不起來。

「紅豆湯都冷掉了！」十六個小節的獨奏，總長不超過一分鐘，但新兵衛卻足足錄了半個小時，他還沒精疲力盡，我們其他人卻已經頭昏腦脹。當步出錄音室，打算暫且休息片刻時，另一種形式的轟炸立即迎面而來。藝晴揭開鍋蓋，旁邊已經有一整疊的塑膠碗在那裡預備著，每個人先斟滿一碗，她說：「今天早上先吃紅豆湯補氣，要是再錄不好，下午就準備喝雞湯吧！」

「妳不嫌累嗎？」我皺眉，前天是排骨湯，昨天是酸辣湯，今天早上已經有紅豆湯，下午再給雞湯，這誰受得了？

「拜託妳饒了我家廚房吧。」錄音師都快哭了。一間公寓，隔了一半當工作場所，另一邊是他的私人住宅，但現在則已經完全變成藝晴的戰場。

「坦白講，這個味道還不賴，」只有佑哥最捧場，他喝了大半碗後，說：「我現在開始期待雞湯了。」

最初完成的兩首歌，很快就在佑哥的安排下，率先展開錄音工程。但只有兩首歌，怎麼做一張專輯？他的想法很有趣，既然創作是急不得的，那我們就按照自己的步驟慢慢來，但已經錄製完成的曲子，他便開始各種管道的操作，尋求曝光機會，等到整張專輯都製作完成後，再辦其他活動就好。

「我是擔心自己寫歌太慢，等我們十首歌都做完，你已經燒了太多錢，把自己都玩完了。」我說，但還沒得及等佑哥回答，本來坐在錄音室外面的小客廳，一直沒說話的另一位大姊忽然開口了：「拜託你們少吃一點，每個都吃得腦滿腸肥，我是要怎麼安排你們出去露臉？你們誰看過哪個一線歌手可以挺著肥肚子上台，下面還有觀眾愛看的？」

這話一講，佑哥跟錄音師還無所謂，但我們幾個團員卻瞬間呆住，除了胖虎還偷喝一口外，誰也不敢再多吃。這位年約三十歲左右的大姊就是佑哥他們公司指派過來的經紀人，負責安排與經營我們的所有活動，當然也得管理我們的生活表現，人人都稱呼她一聲王姊。

「妳這話是什麼意思，是怕我把他們養肥嗎？放心，我只想養我老公而已。」藝晴嘟著嘴，立刻發動攻擊。

「就是養妳老公才不行！妳看過哪個樂團主唱是胖子？」王姊當然也不是省油的燈，「我沒把矛頭指向妳，就算是很給妳面子了，妳都不懂什麼叫作低調嗎？不要一開始就讓人家知道這個藝人已經死會了，這是最基本的常識耶，而妳一天到晚跟前跟後是怎樣？」

「佑哥說可以！」藝晴絲毫不讓步。

「佑哥是個屁！」王姊非常大聲地說：「他當年要是懂這些，老早就紅到國外去了，還會留在台灣搞這麼一家要死不活的小公司嗎？」

眼看著兩個女人就這樣，當著錄音師的面，開始口無遮攔地吵了起來，我們所有人全都默默退開，胖虎趁著沒人注意，還偷偷拖起了紅豆湯鍋。我小聲地問佑哥：「其實我納悶很久了，為什麼你的員工會這麼不把你放在眼裡？」

「因為上班時間，她是我的員工，但是一下了班，她就是我老婆。」佑哥臉色黯然。

「噢。」然後我也懂了。

因為唱片還沒完成，還有太多進行中的工作堆積眼前，再加上王姊跟佑哥都一致認為我們應該擺脫原有的搖滾風格，因此在兔老闆的店裡，原本每週三天的演出，現在只好壓縮到僅剩一天，而這還是我們跟王姊討價還價之後才得到的結果。

「看吧，我就說嘛，你們一出道，就換我要一個頭兩個大了。」兔老闆攤手。

「放心，他們可以的。」笑著，指了指舞台上那個接替我們原本的時段，正在熱力開唱的新樂團。人家也是有名的表演團，程度不會差到哪裡去，而且他們還有個漂亮又性感的女吉他手，更能吸引觀眾目光。

只是去拿回樂器跟樂譜，然後載著藝晴回家。她的精神不是很好，在機車上就開始打起瞌睡。到家後，等她洗過澡，讓她半躺在床上，而我則挪過椅子，坐在床邊，幫她按摩身上的肌肉。

「其實沒什麼差啦，真的。」雖然手上拿著電視遙控器，卻沒把心思留給那些節目，藝晴看著我不斷按動的手指，說：「我每天這樣動來動去，活動量也早就足夠了。」

「總有些肌肉是妳煮紅豆湯的時候沒用到的呀。」我說。

「你不累嗎？」

我搖頭，淡淡地笑，伸出手來，捲起藝晴的褲管，她穿著從家裡帶來的兩件式睡衣，上面還有可愛的小熊圖案。

「能這麼合情合理，還理直氣壯地在一個女孩子身上來來回回地上下其手，這麼難得的機會，哪有說累的道理？」

「有好有壞，這樣非禮女生，卻不用擔心犯罪的問題，這是最大的好處；但壞處則是，儘管佔盡了便宜，可是卻也沒幾年好光景可以享受。」她自嘲。

「放心，妳會活很久的。」

「是嗎？」她問。而我點點頭，指著那一支她從家裡又帶出來，現在掛在床尾的紅色鯉魚旗，說：「平安長大，幸福快樂，這是我們說好的。」

我要的不多，妳在就好。

37

錄音工程有其一定的順序，我最主要的負責項目是在各項樂器都錄製完成後，才真正要上場的配唱工作，而在那之前，個人的部分還有節奏吉他，以及背景音效的編輯，但這些都不是太困難的事，真正棘手的，其實跟音樂無關。

先從小腿開始按起，還要兼顧每一個關節，盡量讓它們都能稍微活動一下，再順著肌肉紋理，逐漸往上一點，力道太小會失去效果，但用力過頭，藝晴卻痛得哇哇叫。這種按摩每天都要做，為的就是加強肌肉與關節的活動量，在她的身體無法自主活動之前，盡量保持最佳狀態。好不容易按完她全身，連一根手指都不放過，已經過了兩個多小時。我一邊按摩，也一直偷眼觀察，早在按到肩膀時，藝晴就已經慢慢睡著。我把手勁放輕，就怕打擾她休息。

凌晨一點半，我躡手躡腳地從浴室出來，洗淨一身疲憊後，這才坐到桌前，打開電腦。一來夜深，二來怕影響藝晴休息，我沒使用喇叭音箱，改戴起全罩耳機，手指在編輯器的琴鍵上按動，透過傳輸線，很緩慢的鋼琴旋律傳到我的耳裡。

是該認真寫歌的，不只是為了樂團，同時也是為了不辜負藝晴的期待。一邊試著找出合適的旋律編排，往往在一兩個音階之間反覆琢磨，每個小節的行進都要推敲許久，而這還只是一開始的工作而已，等曲子的架構完成後，必須再經過修飾，要完全確定了才能著手填詞。

我幾乎是閉著眼睛的，手指不斷按動琴鍵，隨著旋律的變化，也跟著情緒起伏。這畫面在旁人看來或許會覺得好笑，一個大男人，頭上戴著大耳機，雙手在一個像玩具鋼琴的東西上不斷彈來彈去，卻一點聲音也沒有，偏偏這男人的臉上還滿是陶醉樣，這該有多麼滑稽。

本來我把譜紙跟筆都放在旁邊，準備邊彈邊寫，有比較順的旋律，就趕緊記下簡譜，但彈到後來，早已忘了還要書寫，完全浸淫在自己的旋律中。直到一曲彈完，尚還意猶未盡，但我摘下耳機，讓自己重回現實時，卻發現藝晴不知何時早已醒了，像欣賞什麼有趣的東西似的，坐在床上，背靠著牆，她笑吟吟地看著我。

「雖然聽不到你在彈什麼，但從表情看來，這應該會是一首很好聽的歌。」她說。

「速度不快，D key 的歌，我想應該適合極簡風的伴奏，跟內容比較溫暖的歌詞。」我點點頭。說著，拔掉連接在編輯器上的耳機線，改插上音箱的導線，調低音量，輕輕的，把剛剛彈奏過的旋律又慢慢地彈了一次。

我沒有告訴藝晴，彈奏這首歌時，泛過腦海的，其實都是那些與她有關的畫面。我想起她前幾次來到兔老闆的店，糾纏著我，非得要聽到那首〈藍色翅膀〉的樣子，也想起她曾穿在身上，活像調色盤一樣的衣服，那時的她輕盈靈動，兩顆眼珠子總是轉呀轉的，一被我激怒，立刻嘟起嘴來，把臉頰都撐得鼓鼓的，模樣非常可愛。而現在的她，開始出現了一些在她青春美好的生命中，本不該出現的跡象，比起看到她手上拿著針線，卻遲滯著無法落針，或者手上拿著鹽瓢或糖瓢，原是很簡單的一個灑落動作，她卻不小心把調味劑誤灑到鍋邊去的情形，我更想看到的，是她穿著好看的學生制服，跟同學們站在一起，很優美地唱著那首〈I don't want to miss a thing〉。

「教我寫歌詞好不好？」聽我彈完，她忽然問。

「妳想寫寫看嗎？」

「下星期就開學了，我想回去把書念完。」她點點頭，說：「你還得忙工作，總不能一天到晚帶著我跑來跑去，寒假一結束，我也該回家了。」

「如果妳想留下來，其實也沒有關係。」我說：「妳爸媽那邊，溝通一下就好。」

「還是不要好了。」她淡淡一笑，「五月的統測，我就不去考試了，但是最後一個學期，我想把課上完。學校離家裡比較近，我媽也可以送我上下學，這樣方便一些。」她爬起身來，湊到我旁邊，說：「把這個音樂檔案錄給我，讓我學著寫歌詞，我想寫寫看，寫你，也寫我們。」

不想拂逆她的好意，儘管歌詞的習作並非一朝一夕之功，但我還是笑著，把剛剛彈奏過的內容重新錄製到硬碟裡，再轉存於隨身碟上，然後交給了她。

「那歌詞怎麼寫？」她下巴一努，自己也不起身，要我連同紙筆都遞過來。

「都幾點了，妳還要寫？」

「我可是活力旺盛的劉藝晴。」她驕傲地說。

莫可奈何，本來想趕快哄她睡覺，我還可以再多彈幾遍，去蕪存菁，讓歌曲的架構更完整些的，但這下恐怕是不行了。把椅子轉過來，我告訴藝晴，寫歌詞有些基本的觀念，除了類似詩詞的寫法，我們會有韻腳的使用之外，隨著歌曲旋律的轉折，也會特別留意，有些短促的音，最好就別配上太重要的字詞，免得在唱歌的時候，會讓人家聽起來過於含糊，此外，歌詞的意境當然也很重要，過於俗白的文字，以及太過艱深的內容，都不是很適合現在的流行音樂，除非要走的是特立獨行的風格，否則最好別這樣做。

「那可以寫一些愛來愛去的話嗎？」

「言之有物就好，請千萬不要整首歌只有我愛你、我很愛你、我非常愛你之類的蠢話。」我哭笑不得。

「但那就是我的心情呀！」

「可是除了我之外，歌迷們都不想聽呀！」我說：「妳一直在那裡愛來愛去，誰知道妳到底在愛個什麼東西。」

「你不要低估一個創作者的心血結晶，我這唱的可都是內心戲！」說著，她舉起手來，作勢就要把抓在掌心裡的紙筆朝我扔過來，但也就在手抬高的瞬間，她忽然頓了一下，像是突然失去了力氣一樣，跟著，我看到她不聽使喚的手掌鬆開，東西掉落在床上。

那當下，我們本來嘻笑玩鬧的心情猛地全都頓然消散，她詫異地看著自己的手，看著看著，忽然害怕得哭了出來。

我們害怕失去的，原來正是我們從未擁有過的，天長地久。

我上網找了許多資料，大部分所得到的，都不是很能令人樂觀的訊息，罹患小腦萎縮症的初期症狀已經陸續發作在藝晴的身上，而更不妙的是，人家經歷初期症狀的時間大約是好幾年，但她跟她已經過世的姊姊一樣，在極短時間內就已經全都呈現。那些她以前常有的手腳不協調、偶爾滑跤跌倒，其實不是因為粗心大意，穿針引線有困難，也與近視無關，這些全都是小腦萎縮症的初期現象。

儘管在西醫的研究中，這個遺傳疾病還等同於絕症，但中醫的某些治療方式卻似乎可以有效延長患者壽命，所以我一邊瀏覽資料，一邊在想，要不要別等開學了，趕緊先把藝晴給送回家比較好？她父親雖然沒能救活長女，但起碼現在是個生技中藥的大老闆，用什麼藥方可以讓女兒的病癥趨緩，他所能掌握的知識，總好過於我在網路上到處瞎找。而且，藝晴的姊姊從發病到過世，過程還有五年時間，誰能說這當中不是因為他們劉家的中藥在支撐著？現在藝晴什麼藥都不肯吃，她能撐得過五年嗎？我放下滑鼠，想想最近幾天，她經常動不動就有四肢抽痛的跡象，有時來得突然，手裡的筷子或筆桿連握都握不住，或者我們走在路上，她會被突如其來的抽痛給嚇到，還因此跌倒了幾次。

「要不要休息一下？」每天傍晚都是例行的運動時間，我會盡量推掉工作，只專心陪她在附近學校的操場活動筋骨，但也幾乎沒有例外，她在繞著操場快走或小跑步時，每每遇到彎道時總會重心不穩，偶爾還會絆個一兩下。我蹲了下來，按按她的腳，「痛嗎？」「不痛。」揪著臉，卻很堅強地站起身來，她豎起大拇指說：「再過一百年也照樣跑贏你。」

我在想，或許真正該收拾起悲觀心情的人是我才對。當她跑得滿身大汗，回家沖過澡，也換好衣服，非但沒有嫌累，還要我陪她再出門一趟，去手工藝材料行買點東西時，我心裡這麼覺得。她很努力在把握開學前的這段時光，臉上總是掛著笑容，而我怎麼好意思愁眉苦臉，好像她隨時就要離開了一樣？

縱使手腳已經不是很靈活，但她憑藉著家政科的專業訓練，縫補東西的本領依舊讓我望塵莫及。前些日子在錄音室，當我們一團人被佑哥跟錄音師給整得焦頭爛額之際，她除了霸佔人家的廚房，每天做點湯湯水水的東西來餵食我們之外，也會窩在有冷氣的小客廳裡，操作著大概只有她自己明白的縫紉手工，每天都是那一袋子的零零碎碎，我們兩首歌從開始到錄完，倒也沒見她完成什麼，而現在忽然又說要繼續，逼得我只好在兩腿痠軟、非常疲困的狀態下，陪她又到附近的店家，買了一堆線球跟鈕釦。

「看得出來嗎？這是一個男生的布娃娃。」那一晚，我接連接到幾通電話，王姊敲了活動，要樂團一起上電台錄音，還要預先準備新歌的露出，所以我只好乖乖坐下來，很認真地繼續跟電腦與編輯器奮鬥，而坐在我後面的床鋪上，聽著整晚反覆的旋律，藝晴一邊跟著哼，一邊也在雙手裡忙個不停，直到大半夜，我起身上廁所，順便到陽台去抽了一根菸，回來時，她把手上的東西拿給我看。

「我只看到妳把自己扎得滿手都是血。」沒好氣的，我瞪著她，順手從小桌子上拿來一瓶優碘。然而藝晴不肯擦藥，把那個布娃娃湊近一點，她說：「看一下嘛，這跟你像不像？」

其實還真的有幾分相似，一樣用黑色毛線當頭髮，一個布團當成大頭，上面是用鈕釦縫成眼睛與嘴巴，如果再加上眉毛就栩栩如生，我說。於是她真的拿出化妝包裡的眉筆。

「這難道是為了讓妳打小人而特別製作的？」笑著，我脫下腳上的拖鞋要借她。

「想揍你的話，我會對著你本人開扁，這樣效果比較快。」白我一眼，藝晴說她本來想再做一個女生的娃娃，但後來又改變心意，決定做成男生版的，如此一來，就能與原本給我當生日禮物的女生版娃娃湊成一對，再也沒有誰是孤單的，而當她寒假結束，搬回家去上學了，我就可以看著這對娃娃來睹物思人。

要換作是以前講話刻薄的個性，我一定會嫌棄萬分，說自己絕不會思念這種脾氣差又愛搗蛋的壞小孩，但現在那些話也不說了，我點點頭，心裡只有滿滿的感動，伸出手就想接過來，嘴裡也只有一句：「好吧，雖然沒有本人帥，但我也只能將就將就了。」

「天底下哪有那麼便宜的好事，還將就呢！」她忽然把手縮了回去，問我想拿什麼來換。

「妳想要什麼？」我笑了，把手一攤，「看得到的東西，全都隨便妳拿。」

「這些東西本來就都是我的，包括你在內，別忘了，你不是于映喆，你是劉藝晴的于映喆喔！」沒想到她嘴一噘，居然毫不領情，想了想，說：「這樣吧，你寫一封情書來換。」

「寫一封信給妳？」我愣了一下。

「你泡的麵雖然只有我吃過，但是難吃死了；你這張床雖然也只有我睡過，但床板硬邦邦的好不舒服；至於你的樂器，我根本不會彈，要了也沒用，而你那部電腦，哼，不是我愛挑剔，本小姐家裡呀，隨便一個下人的房間裡，都有比你更先進的設備，誰還稀罕你那破電腦？」她先數落了一番，說：「所以我唯一能期待的，大概就只有一封你寫的情書了。」

這下可好，我皺起雙眉，都快搔破了頭，怎麼也想不起來自己最近一次寫信給別人是在哪個時候，又寫了些什麼內容。正在我躊躇為難之際，藝晴忽然很認真地說：「你能為我做的，已經什麼都做過了，如果說我這短暫的一生還有什麼想要的，或是想做的，大概就只剩兩件事而已，第一件事，是我想為我們寫一首歌詞，第二件事，是你寫一封情書給我。」

「關於歌詞的這件事，不管妳人生有什麼變化，總之沒寫完之前都不准走；至於第二件事，如果那封情書是妳等呀等的，可是一旦拿到手了，就準備了無遺憾離開的最後一項心願，那我告訴妳，妳這輩子都別作夢了。」說完，我把那個娃娃搶過來，但沒有勒在懷裡，卻擱到一邊角落去，再把掛在檯燈上的女生娃娃拿過來，同時伸出手，抱住眼前的女孩，說：「套句兔老闆的台詞，在我的地盤上，就得什麼都聽我的，現在老子正式宣佈，真人也好，假人也好，兩個都是我的，就這樣。」

我們從來都不只是自己的自己，而是分別屬於彼此的存在。

39

「記得，臉上多帶點笑容，就算找不到話說，起碼也笑一個，別老是擺出一張苦瓜臉，你今天可是有領薪水的，我們這也算是一種服務業，好嗎？」這邊是藝晴千叮嚀萬交代，她甚至伸出手來拉拉我的嘴角，叫我一定得笑。而另外那邊，王姊也在囑咐著差不多的內容，她對醜貓說：「再在台上給我講髒話，小心你的貓頭被打成豬頭，不信你試試看。」同樣都在要求團員的台風與態度，然而她們一旦對上眼，卻又彼此「哼」了一聲，各自把頭給轉了開去。

「小助理，妳要不要留意一下時間，我們該上台了。」藝晴不斷檢視著我全身上下的裝扮，唯恐有半點疏虞，但我還真怕她誤了表演時間。

「慢個一分鐘上台，總好過你匆匆忙忙跑出去，卻在舞台上跌倒吧？」她蹲下身來，把原本沒繫緊的鞋帶給解開，重新再綁一次。但藝晴的手指其實已經沒以前靈活，我只好自己也彎腰，接手過來綁好。

「加油。」她小聲地對我說，還偷偷在我嘴上親了一下。

遠道而來，為的是一場堪稱主秀的演出。這次不再是別人的暖場樂團，可以很驕傲地告訴全世界，我們終於當主角了。雖然表演的內容也才只有五首歌。

在滿是古蹟的行人徒步廣場上所搭建起的舞台，聲光效果非常好，觀眾與遊客也絡繹不絕。今晚的活動共分兩個階段，稍早的燈謎遊戲已經結束，但群眾的氣氛正火熱，讓樂團上來把這種情緒再加溫，這是一個很不錯的操作方式。王姊特別叮嚀，要我們在歌單的選擇上，盡量以活潑熱鬧為主，即使是翻唱別人的作品也無所謂，重點是能讓大家盡量感受到歡樂氣氛，也從而認識我們。

很抱歉，今天晚上沒能唱那幾首妳特別愛聽的歌曲，因為妳也知道，王姊現在掌控了我們的所有演出業務，這老妖婆馭夫有術，所以即便是佑哥也不敢囉嗦半句話。親愛的，那椅子看來很不舒服，妳屁股沒事吧？

一邊想著，我伴隨音樂也唱起歌來，充滿歡樂的歌詞，充滿熱情的旋律，洋溢在燈火通明的喧囂古城中，台下那些聽眾，他們聽懂也好，不懂也罷，其實都不重要，只要他們跟著音樂擺動身體，覺得這是一個很棒的樂團，這樣就夠了。但那是指對他們而言，對妳，我想讓妳聽到的是更多、更強烈的希望。我們誰都是活在這世界上，何等卑微的一個小小存在。有些人儘管可以活上百年，但比起整個世界，比起那些遼闊的山河、蓊鬱的森林，還有蔚藍的海洋，百十年，或者千百年，其實都是一樣的短暫，而在這當中，我們所能做的，誰也不比別人多，誰也無法留下橫亙千古的傳奇或故事，因為我們都一樣平凡。

但就因為如此，所以我們才更要學會珍惜，對吧？也許我們存在過的痕跡，終究還是會隨著時間流逝，逐漸被這世界所遺忘，可是只有我們自己會深切地記得，究竟我們曾以一種怎樣的驕傲去看待這世上所有的流轉，也只有我們自己可以真正地明白，當付出了一切去守護只有自己在乎的那個夢時，那是多麼美好的心情。

想得遠了，我心思不夠專注，無意間居然唱錯了兩段歌詞，本以為沒人發覺，然而我一轉頭，不只團員們用納悶的眼光看著我，連站在台邊的王姊也用力瞪了過來，甚至我再往台下看，那邊藝晴也吐吐舌頭，這些人居然沒一個錯過我放槍的精采時刻，嚇得我只好趕緊回神，不敢又胡思亂想，轉而專注在演出上。

五首歌唱完，又一次跟台下觀眾說感謝，同時也提醒他們，關於新專輯即將發行的事，還請大家多多支持。說完後，我覺得自己嗓子已經有點啞，好久沒唱得這麼開心，那跟以前在兔老闆店裡固定演唱的感覺是完全不同的，過去的演出，我們以賺錢為目的，把它當成是在上班，完全沒有什麼過於計較到底做得好不好的必要，然而現在不同了，每次演出機會都很珍貴，而每次上台，我們都是為了夢想。

「連自己寫的歌詞都可以唱錯，你還真是了不起。」沒等王姊罵人，藝晴先拍我肩膀，調侃著說：「還好我明天就開學，以後沒什麼機會看你演出，否則你每次上台一看到我就忍不住開始流口水，那可怎麼辦才好？」說完，她呵呵笑著，而我滿臉尷尬，至於旁邊則是醜貓他們把王姊已經抄起在手，準備砸向我們的板凳給硬生生攔了下來。

昨天晚上我們幾乎整晚沒睡，收拾好她散亂在我家裡的東西，打包進了大袋子後，我們洗了澡，在床上纏綿了一夜，她的雙手在我身上不斷輕撫，時而弄得我發癢，忍不住縮來縮去。藝晴說她想趁著自己的手還能動、知覺還在，要好好記住那種觸摸我皮膚時的感覺，也要我把手放在她的臉上，讓她好好感受來自我掌心裡的溫度。

「就是這樣，暖暖的。」她閉著眼睛，臉頰貼在我的胸前，帶著淺淺的微笑。

「那是因為現在是冬天，所以妳才不嫌熱。」很沒情調的，我這麼說著，結果被她伸手過來在我肚皮上狠狠捏了一把。

她昨晚沉沉睡去的樣子就跟現在差不多。當演出結束後，王姊他們全都留宿在當地的飯店，接受主辦單位的招待，可惜我跟藝晴無福消受，把器材託給醜貓，我們兩個人只能搭上計程車，直奔位在歸仁區的高鐵站，飛快地趕回台北。坐在靠窗的位置，藝晴忍不住還是睡著了，而我儘管也疲倦萬分，卻毫無睡意，只是把頭靠在椅背上，側著臉看她。

原本我盤算著今天一早就要把她送回家，然後再到公司跟大家會合，一起驅車南下演出的，然而看看藝晴臉上既無辜又企盼的眼神，當下根本沒有拒絕的餘地，最後只好點頭答應，讓她一路跟隨，還把她收拾好的行李也帶了出來，這樣一來，待會回到台北就可以直接送她回家，不必再跑一趟我住的地方。

「對不起，讓你這麼累。」醒時，她輕輕地說。

「喝酒聊天的事情，以前是醜貓去負責，現在則還有一個酒量也很好的王姊，我想我是可以放心的。」我一笑。

沒有什麼好累的，如果一切做的都是自己甘之如飴的事情。還沒過晚上十二點，我們已經從台北車站輾轉又搭計程車，回到藝晴家樓下。

「明天要開學，會不會緊張？」臨別前，我問。

「還好。」她搖搖頭，說就算身體不舒服，班上那些同學都能照應，而且劉媽媽已經知會過班上的老師。知道學生罹患了這樣的罕見疾病，導師十分關心，也承諾會盡量留意，避免她因為手腳不靈便，或偶發性的四肢抽痛而跌倒受傷。

「那好，明天下午，校門口見。」我點頭。

「你要來接我？」她睜大眼睛。

「妳只是開學了，所以暫時不方便住在我家而已，但那不表示我們不能天天見面，對吧？」我陪她上樓，按了門鈴，然後將那一大袋行李都交給了劉爸爸，打過招呼後，在轉身離去前，我笑著對藝晴說：「別忘了，妳還欠我一首歌詞，我會盯著妳的。」

我們有約，約一封信、一首詞，還有一生的陪伴。

40

遵照醫生的指示，雙腿併攏站好，然後閉上眼睛。滿頭花白的老醫生先確認藝晴在這樣的狀態下，確實會有暈眩感，然後請她依照白色瓷磚地板上貼成直線的紅色膠帶，一腳腳尖挨著前一隻腳的腳跟，沿線往前走走看，結果她走得歪歪斜斜，之後再讓她單腳站立，閉上眼睛，結果才不過幾秒鐘，她就頭昏眼花，差點坐倒。

「這些初期症狀確實都已經非常明顯，再加上她曾經在國外做過檢查，也在其他醫院做過核磁共振，我們可以確信的是，患者確實罹患了這樣的疾病。病情嚴重程度在每個患者身上都不同，儘管治療的效果很有限，但是站在醫學與醫生的立場，我們當然還是希望她可以接受比較完整的療程規畫與照顧。」他說話慢條斯理，還不時沉吟，顯然是很斟酌用字遣詞，但藝晴卻從頭到尾都搖頭，她說自己只想過正常人的生活。

「妹妹，依照妳目前的情形，如果拒絕接受所有治療，正常人的生活，妳不可能過太久，這妳知道嗎？」口氣凝重，醫生說。

「至少等我畢業典禮結束之後再說。」她已經站起身來，決定直接結束這次的診療。

被她埋怨了好久，說什麼我蓄意欺瞞，講好了是帶她去見一個德高望重的老朋友，結果竟然把她誆騙到醫院去。

「我哪有騙人？他真的很德高望重嘛，而且妳看他頭髮跟鬍子都白了，那當然是老朋友，而不是年輕朋友啊！」我大聲抗辯，而她也不跟我吵，伸出手來，又在我臉上狠狠擰了一把。

因為已經打定主意不再參加五月的統測，所以當班上同學們孜孜矻矻地忙著準備考試時，她左右都無事，要嘛坐在教室裡，掛上耳機，一邊聽著我寫的旋律，試著譜寫歌詞，再不就是乾脆請了假，又跑來找我。

「說妳有病，我看還真不像。」幫她套上衣服，兩個人一起擠在小小的試衣間裡，我側眼看著她的肚子，「這一圈是怎麼回事？妳在家真的吃很飽嗎？」

「不是吃很飽，而是不想浪費食物。」她說這陣子以來，劉媽媽按照小腦萎縮症患者所適宜的食譜，不讓露西下廚，自己調製三餐，凡事親力親為，結果才幾個月，不但把女兒養得白白胖胖，連她自己的腰圍也大了一圈，母女倆一起發福。

「趕快把這件衣服換下來，真是有夠難看的。」我皺起眉頭，一件本來應該很漂亮的洋裝，如果是小腹平坦的女生來穿，肯定典雅氣質得很，但她現在一套上去，肚子立刻鼓了起來。

稍微胖一點並無所謂，比起身材略微走樣，我更欣喜於她氣色的紅潤。藝晴說她每天在家總是有吃不完的中藥，那些都是她父親的公司所研發，看樣子似乎真的頗有療效。只是最近劉媽媽見女兒身體大有起色，變得更加積極，還不斷問她有沒有興趣接受中醫針灸的療程，讓她有點受不了。

「那是因為大家都關心妳。」我說。

一起出門，原也沒有特別想去的地方，只是我最近被工作壓迫得有點喘不過來，很想到外頭透透氣，而藝晴則興致高昂，一聽到我要放假，她立刻主張非得逛個街不可，為的是畢業典禮將屆，她想給自己買買新衣服。

但我不懂，好奇地問她，高中生的畢業典禮，不是應該穿制服嗎？就算假鬼假怪一點，那也是跟全班同學一起套上學士服才對，她買便服幹什麼？而且我更狐疑的是，以往藝晴總愛在穿著的顏色與材質上講究，她最偏愛那些色彩光亮的布料，可是今天我們到處走逛，她會挑選的，卻全都是些寬鬆的剪裁。

「不用那麼怕被人家看出來吧？」我忍不住說：「稍微有肉一點而已，又沒人會笑妳。」

「你們男人到底什麼時候才能真正搞懂女人哪？」懶得囉嗦，她只是瞅了我一眼。

聊起學校的事，藝晴說自己心情也有點複雜，雖然因為已經做了決定，可以不用跟著大家一起水深火熱，但看同學們一改往常的歡樂，無不為了考試而辛苦，她一方面覺得很同情，一方面覺得慶幸，但慶幸的當下，又覺得諷刺至極。

「每個人都有自己的人生，不要鑽牛角尖就好。」我說：「妳一首歌詞老是交不出來，我也很想跟妳催稿。」

「放心，快寫完了，真的。」她苦笑著，又問：「那你要不要來參加我的畢業典禮？」

買完衣服，那些袋子理所當然都交到我手上，而一支原本她帶在手邊，為了保持平衡與維持安全感的長柄雨傘也同樣讓我拿著，她空出來的一雙手便挽在我的手肘上。

「那不是家長的事嗎？男朋友負責在外面等著就可以了吧？」我問。

「從小到大，我爸媽一次也沒來過我的畢業典禮，一開始是因為我姊，他們必須照顧我姊姊，所以沒辦法分心在我身上；後來呢，我爸工作忙，而我也不想讓我媽來參加，所以看著人家在畢業典禮上，有自己親近的家人陪在一起，我總是覺得很羨慕。」

「那現在妳爸媽都在身邊了，不是更沒道理不讓他們來？」

「當然，他們如果願意來，我也會很歡迎，可是我更想要你一起去。」她又嘟起嘴了，「還是你覺得自己已經很紅了，怕被別人認出來？沒關係，我可以送你一個口罩！」

「那跟紅不紅無關，我現在還不是光明正大地跟妳一起約會？只是就我所知，一般來說，在畢業典禮上，應該只會安排兩個家長席次，分別給爸爸跟媽媽，請問妳要人家多擺一張椅子，那椅子上面要貼什麼標籤？標籤上面寫著『男朋友』這三個字嗎？那麼囂張，妳小心走在路上被人打。」我沒好氣地說。

「誰說你只是男朋友？」她鬆開我的手，靠著自己薄弱的平衡感，挺直了身子，也挺起了胸，說：「你確定你跟我的關係，真的只是男女朋友嗎？」

那當下我一愣，再看看眼前的女孩，她這姿勢站立著，隆起的肚皮確實有些詭異，那瞬間我彷彿被一陣雷給擊中，錯愕著，有好半晌說不出話來。

「妳……該不會是要告訴我，這……這不只是一般的發胖而已吧？」隔了老半天後，我期期艾艾的，總算吐出了一句話。

「已經四個月了。」她說：「所以我不針灸、不吃西藥，也不能再穿那種光鮮亮麗，可能含有過多化學顏料的衣服。」我張大嘴巴，腦袋瞬間炸空，呆呆地站在路邊，一時無法接受現實，而藝晴忽然滿臉舒暢的表情，她長長地呼了一口氣，還笑著對我說：「你都不知道，原來保守祕密是這麼辛苦的一件事。」

「我……」我還呆若木雞。

「走吧，挑完我的衣服，現在該輪到你去買套西裝了，打扮得帥一點，記得參加我的畢業典禮，好嗎，『家長』？」她再次挽上我的手，笑靨如花。

我會參加妳的畢業典禮，也想跟妳一起，參加我們小孩的畢業典禮，好嗎？

41

「為什麼我才多久沒見到你，你整個人生就一百八十度大轉變了？」用不可置信的表情看著我，小箏說：「我現在開始懷疑，你到底還是不是我認識的那個于映喆。」

「貨真價實，我本人沒錯。」點點頭，我笑了笑，「只是最近身分轉換得有點快，連我自己都還不是很適應就是了。」

「要適應這個可能有點難。」她點點頭。

「我也這麼覺得。」

閒聊了片刻，等她幾個團員都到了，才真正進入討論。我和小箏的女子樂團雖然分屬不同唱片公司，但大家既然交情不錯，當然也有彼此跨刀相助的情面與機會。她們預計在年底推出專輯，首波主打的MV需要幾個客串的樂團角色。幾經討論，他們公司希望找來的是真正的樂團，如果該團稍有名氣的話，日後還可以是現場演唱會的來賓。

「怎麼樣，你認為呢？」她問。

「沒有床戲吧？」我打趣著問。

「就算我說有，我看你也不敢演吧？」她朗聲大笑，毫無一個女人該有的優雅氣質。

若真有這種免費好處，我是真的不敢接。在她那些團員到來前，我跟小箏說起自己參加藝晴畢業典禮的經過，那天真的有三張椅子，最左邊是劉媽媽，中間是劉爸爸，右邊則是我。在一片離情依依的驪歌唱響聲中，劉爸爸忽然嘆了一口氣，轉頭對我說：「說真的，如果不是藝晴的身體情況很特殊，她跟我說了那樣的消息，我第一個就先殺了你。」

「換作是我，我會跟伯父您做一樣的決定。」我只好點點頭。

按照時間來推算的話，藝晴大約是在寒假期間，也就是她父親首肯，讓她搬來我家之後才懷孕的。我只覺得懊惱不已，但懊惱並不是因為這是一件需要負責任的事，也不是擔心這可能會造成工作上的困擾，我只是擔憂她的身體狀況而已。

「如果可以用簡單的二分法把所有人分成兩類，那我應該屬於神經大條的笨蛋那一型，藝晴則是聰明得讓人永遠摸不著頭緒的另一類，而且還是箇中翹楚。」我說。

回想起那時，藝晴告訴我，說她已經讀到高中三年級，但月經來潮的次數卻屈指可數，她還為此而求診過，婦產科的醫生告訴她，這是每個女性體質不同所致，雖然月經來潮次數較少，算是比較不易受孕的體質，但如果以後她想懷孕生子，一樣可以用很多種方式來幫助受孕，基本上可以不用擔心。而我真是傻得可以，當她這麼告訴我，又說不想跟我在親熱時有任何隔閡，我就乖乖地把已經準備好的保險套丟一邊去。

「恭喜你。」小箏啞然失笑。

「是呀，妳有機會當乾媽了。」我也點頭。

覺得在我身上看到的最大轉變，小箏說那大概是個性與想法的部分，倘若是以前早幾年的時候，我應該不會笨得相信女孩子說什麼不易受孕又不要隔閡之類的蠢話，更不會在對方一旦懷孕之後，還心甘情願地接受事實，願意成為一個「父親」。

「話不是這樣說，誰做的事情，誰去負責，就算是以前，我也一定不會逃避責任的。」我抗議。

「會負責是一回事，但會不會心甘情願地負責，那又是另外一回事。」她說。

「或許是吧。」我嘆口氣。

我把大包小包的東西都拎回來，堆滿整個房間角落，那裡面有各種全新的嬰兒用品，還有一張署名為「乾媽」的金額兌換券，上面寫著「本人梁霈箏願以人格擔保，成為于映喆及劉藝晴所生之子的乾媽，無論其性別為男或女，均在嬰兒誕生後，致贈價值新台幣十萬元的奶粉及尿布經費，以做為祝福與道賀，恐口說無憑，特立此證明，以茲兌換」。

「你拿刀架在人家脖子上，逼她簽這種東西嗎？」瞠目結舌，藝晴詫異地問。

「怎麼可能！那是她自己心甘情願要付的喔，可不關我的事。」把東西放好後，走到床邊，我把藝晴手上還在縫縫補補的東西拿開，「別再做這些了，一來人家說孕婦動針線對小孩不好，二來是妳現在做這個本來就很吃力。」說著，我低頭看了一下，一個維妙維肖的布娃娃，跟眼前的本尊殊無二致，尤其在她拿修正液，把充當眼珠子的兩顆黑鈕釦都塗上眼白之後，她摸摸肚皮，說希望可以生一個女兒，而這娃娃就是依照她自己想像中女兒會有的樣子所縫製的。

「那萬一生了個兒子怎麼辦？把布偶的頭髮剪了嗎？」我忍不住笑。

「從頭到尾，你都不覺得生氣嗎？」小心翼翼地起身，就怕一個不小心會傷到胎兒，也傷到自己，藝晴扶著我買給她的枴杖，慢慢地走到櫃子邊，斟了一杯水，但她沒自己喝，卻轉而遞給我，「我擅自做主，決定要懷孕，這件事，你真的不生氣？」

「要生氣的話，我相信最有權利生氣的應該是妳爸媽，他們既然都不反對了，那我又有什麼好生氣的？」一樣沒喝水，把杯子擱著，我扶藝晴坐下，說：「一開始我只是驚訝，因為這好像不在我們盤算的人生計畫裡，但轉念想想，如果有一個屬於我們的孩子，妳不也會更積極地照顧自己的身體健康，好陪這孩子平安長大？我只是擔心，一來擔心妳，二來擔心這個小生命，這樣而已。」

「我會很好，這個孩子也會很健康，你放心。」她輕撫肚皮。

「都還沒生呢，妳這麼確定？」

「當初我姊開始發病的時候，我年紀還很小，看著她痛苦，一直到她過世，我心裡在想，這或許是一種詛咒，是一種厄運，我姊以她自己的身軀，幫我們全家人承受了這樣的苦難，所有的不幸都被她一個人很勇敢地承接下來了，那麼，以後我們家剩下的三個人，就要以很健康的身體，連著她的那一份，一起幸福快樂著。」藝晴說話的神情不再像個十八歲的小女孩，她已經很有身為母親的樣子，緩緩的，她說：「雖然結果並不如我所以為，最後我也出現了跟姊姊一樣的病症，但我因此更加相信，或許這是冥冥中的安排，我姊還沒消化完的厄運，還要由我繼續承擔。既然這樣，那兩條命總該夠了吧？不管我們是欠了誰的，用兩條生命去償還，總應該還得完了，再也不虧欠了。所以，我非常堅定地相信，這個孩子一定會平平安安，一定會健健康康。」

「妳這麼有把握？」不願去臆測一個未誕生的生命是否可能承受什麼樣的病痛之苦，我更關切的，是眼前的這個女孩。

「要在對的時候堅持做對的事。這不是你的原則跟座右銘嗎？」她說：「認識你以後，我也經常這樣問自己，我在自己的人生中，有沒有好好把握，在每一次對的時候，都很認真去做對的事情？而我在想，我唯一做到過的，就是在十七歲快要結束之前，纏著你唱歌給我聽，拚死拚活地硬擠進你的生活裡，而最重要的，是我可以為你生一個孩子。」

早已無論對錯，我們在寫我們的故事。

42

雖然沒有大腹便便，但隨著時間經過，藝晴的肚子還是有著明顯的隆起。我不知道那是因為有孕在身的緣故，亦或者是她停止吃藥後，病情迅速惡化，即使只是在這狹小的房間裡走動，她也很容易感到疲倦，甚至難以保持平衡。我幾乎不敢讓她過度活動，改依靠按摩的方式，讓她身上的關節保持靈活就好，而本來滿心期待，希望這只是因為懷孕而起的自然現象，然而到了後來，當她幾度出現飲食被嗆到的跡象，以及對著那首始終沒寫完的歌詞，她手握著筆，卻開始無法寫出原本漂亮的字跡，反而經常出現潦草的筆畫時，我就知道一切只是我的奢望而已。

真的太快了，不應該這麼快的，即使她與已經過世的姊姊同屬發病較迅速的類型，但也不應該這麼快就出現中期症狀才對。我忍不住懷疑，會不會是因為懷孕的緣故，身體大部分的營養全都供給了胎兒，所以她自身的體力才迅速下降，導致病徵以更快的速度出現？

那天晚上，我幾乎無法成眠，除了趕著編曲的壓力，她一整晚疼痛呻吟的聲音愈發讓我心裡糾結不已。或許這是我唯一做錯的一件事，就是答應讓她把孩子生下來。但問題是，在剛得知她懷孕時，我能斷然拒絕嗎？一來是懷孕已經四個月，墮胎的風險太大，二來是我又如何忍心，不肯讓她完成自己的心願？

我很想戴上耳機，讓自己完全逃進音符的世界裡，然而想了想還是作罷，寧可把喇叭的音量調到最細微，我必須要能兼顧到後面正睡著的藝晴，要是完全隔絕了聲響，她一旦有任何需要，就沒辦法及時叫我了。

「你還不睡嗎？」也不曉得過了多久，身後才傳來她惺忪的聲音。

「再一會兒，明天要把樂譜交給醜貓他們了，今天最好再確認一次。」我關掉音量旋鈕，問她是不是被吵醒。

「唱片應該快發行了吧？」

「大概在妳生完之後。」我微笑點頭，這是一張慢工細活才逐漸催生出來的唱片，一來是我寫歌速度本來就慢，二來是生活重心整個轉移後，根本也無法分出太多心思在工作上。

「要辦演唱會嗎？」

「佑哥他們是很希望，但我還在考慮。」想了想，我說：「先看妳身體復原的情形。」

她點點頭，也輕輕抬起手，把我招到床邊來。有點水腫，掌心似乎比平常厚了些，卻依舊溫暖輕柔，她輕撫著我下巴的鬍碴，像在複習那微微刺痛的觸感。

「你看起來好累。」

「就這一陣子而已，不會太久。」我努力讓自己臉上帶著笑容，說：「等妳生完小孩，我們去旅行，妳住過加拿大，知道什麼才是真正的冬天。可是我從小到大都在台灣，就算出國過幾次，也沒有機會好好賞雪，如果妳病好了，陪我去看看真正的冰天雪地好嗎？不只是去玩雪，我還想度假，就像電影上常常看到的那樣，一座鏡面般的湖泊，周圍有山，山的倒影就映在水面上。湖邊還要有森林，也有一幢木造的小房子，走過蜿蜒的小路，可以來到湖畔，那兒有小小的碼頭，有一艘要划槳才能動的小船，我好想體驗看看，我覺得，如果能在那樣的地方住上一陣子，應該是一件很棒的事。」

「現在這樣難道不好嗎？」聽我天馬行空的想像，藝晴忍不住也笑了。

「現在這樣的生活叫作幸福快樂，湖邊小屋的生活則叫作閒情逸致。」

「幸福……快樂……」她沉吟著，忽然問我一個怪問題：「幸福跟快樂，它們是連在一起的，還是拆開來計算的？」

「當然是連在一起的。」我輕輕握著她的手，說：「因為跟妳在一起，所以幸福；因為生活中充滿幸福的感覺，所以覺得快樂，不是嗎？」

「現在這樣是很好，但你還欠我一場婚禮，也還欠我一封情書，可千萬別忘了。」她眼裡有莞爾的笑意。

「婚禮可以等妳生完小孩再辦，至於情書……」我想起她說過的，那是一生中最後一件想要的禮物，要到了，也就了無遺憾。「等妳寫完欠我的那首歌詞，我會認真考慮考慮的。」我笑著說。

一首寫了好久的歌詞，早已塗塗改改無數次，但寫來寫去，終究還是只有那幾段。有些字跡太凌亂，我花了點時間才看懂，依據她的原意，盡量保留原來的風貌，只針對旋律有需要的部分，稍微加以修潤而已。歌詞交到佑哥手上，他看了看後，納悶地問我，這到底是誰寫的。

「有問題嗎？」我愣了一下。

「問題可大了。」他點點頭，說：「你平常寫的東西又拗口又玄妙，像在寫詩一樣，但這個顯然就白話許多。」

「白話不好嗎？」

「我沒有說不好，」他把歌詞放下，說：「相反的，我覺得順口多了。」

「意思就是在罵我以前寫得很爛。」我皺眉頭。

「不怕你不高興，坦白講，看多了的確是會覺得挺討厭的。」他哈哈大笑，讓我有種惱羞成怒到很想殺了他的衝動。「這就好比一整桌的麻辣燙、臭豆腐、麻婆豆腐當中，難得來一份清粥小菜，你知道那種感覺吧？多麼美好的小清新。」他攤手說。

懶得再跟他抬槓，我把歌詞抓在手上，反正只要他這邊沒問題，那我照著既定模式繼續做就對了。正打算轉身離開，佑哥又叫住我，他先叮嚀了些工作上的事情，最後沉吟了一下，又勉勵我好好努力，還說他打算報名，希望我們有參加金曲獎，角逐最佳樂團的機會。

「你開玩笑的是吧？」我愣了一下，懷疑自己有沒有聽錯。

「我看起來像是很愛開玩笑的那種人嗎？」其實佑哥自己年輕時所組的樂團就曾兩度獲得這項殊榮，而這也奠定了他在樂壇的地位。不管這是禁菸的辦公室，他叼了一根香菸在嘴上，說：「這只是目前我想做的其中一部分而已，總之呢，王姊那邊給你什麼資訊，你們就照著流程跑，唱片做完之後，還會有很多要忙的事情，幾場大型的演唱會是跑不掉的，你是玩團的，玩團的人就應該在舞台上發光發熱。」見我躊躇，他問：「怎麼，還有問題嗎？」

「我知道公司有公司的安排，只是……」猶豫了一下，我問佑哥，這些緊鑼密鼓的規畫與安排是不是可以稍微緩一緩，「你也知道，藝晴的身體不是很好，預產期又近了。」

沒有回答，佑哥挾著那根菸，他只是看著我。

我想要的舞台，是只以妳為唯一觀眾的舞台。

從公司離開，片刻不敢多耽擱，急著又往醫院去，距離約好的時間，已經超過半個小時，婦產科的候診區已經空無一人，我撥打電話先問了一下，才又匆匆跑進電梯，在地下一樓的餐飲區，藝晴跟小箏正聊著，但與其說她們是在聊天，不如說是小箏在講話，而藝晴在聆聽。

「都什麼時候了，還有什麼天大的工作可以讓你撇下陪老婆做最後一次產檢的責任？說來聽聽，是不是要在小巨蛋開唱了，還是要世界巡迴演唱會了？」見到我趕來，小箏不忘調侃。

「都不是，但佑哥希望幫我們報名角逐金曲獎，妳覺得如何？」我一笑。

「聽起來是不賴，但我建議你最好先花一筆錢，讓你那些奇形怪狀的團員們先整整形。」她哈哈大笑。

其實是迫於無奈，否則今天本該由我陪同，帶藝晴來醫院產檢才對。只是工作抽不開身，她又不希望打電話去央求母親，就怕家人誤會，以為我對這個未過門又疾病纏身的未婚妻不夠關心，連她最後一次產檢都不肯陪同，所以幾經籌思，最後我就把腦筋動到了小箏身上，反正她是我家小孩的未來乾媽，陪著來產檢，也不算我強人所難。

原想請她喝杯咖啡，不過小箏也說了，像我們這種半調子的樂團都可以有事忙，她現在可是小有知名度的歌手，怎麼有時間陪我窮耗？

「這話是只對他才這麼說，妳可千萬別誤會。」說著，小箏還轉向藝晴，臉上又露出微笑，「如果是妳哪天有空，隨時打個電話給我，我保證立馬就到。」

笑著送走小箏，我陪藝晴這才緩緩起身，挺著大肚子，手上拄著拐杖，行動非常緩慢，我們小心翼翼地走到電梯口，在等待時，她忽然問我，是不是心情不好。

「妳怎麼知道？」我有些詫異，還自以為把情緒隱藏得很好。

「從你的笑容就看得出來。」她說：「別忘了我可是慧黠聰明到讓你毫無招架之力的小天使。」

苦笑，我只能點頭承認，在離開公司之前，佑哥其實沒有多說什麼，他也只是站在自己的本分上，問了我一句話，「唱片業也算是一門生意，做生意就有做生意的立場，你知道嗎？」

他那句話的意思，我當然很清楚。公司裡也沒幾個能幫忙賺點錢的樂手或團體，「貓爪魚」現在才正要起步，他當然會將重心都投放過來。那麼我該怎麼辦呢？或者說，我還能怎麼辦呢？過來醫院的一路上，我沒有想到任何好對策，也沒有什麼具體的辦法，一心只是在想，還能不能找到什麼兩全其美的方式，可以讓我既兼顧了藝晴這邊，又不影響公司跟樂團的經營？

「只怕是沒辦法吧？」她臉上也帶著憂慮。

「不是沒有，只是我們還沒想到而已，不急，真的。」聳個肩，這種煩心的事，與其讓藝晴陪著分擔，我寧可丟給醜貓他們去想辦法。

不想回家，步出醫院後，藝晴問我能不能在附近走走。反正也沒有工作的興致，我點點頭，陪著她往對街過去的小公園一邊緩步閒走，她卻又接續剛剛的話題，問我是不是感到為難，如果公司的事情真的推不掉，那就應該更積極一點去面對，「我可以，可以回家待產，有我爸媽在，這樣，你應該會比較放心，也能專注在工作上，畢竟，那是你，長久以來，最大的，也是唯一的夢想。」才走幾步路，她已經有點喘，連話都說不好。

「那是曾經，但現在它已經不是最大的夢想了。」我擠出微笑，指著她的肚子，「這裡才是。」

「但你不快樂。」

「只是一時的。」我說：「等妳把孩子生下來，我就放心了。」

「把孩子生下來，之後，你只會更累吧？」她的情緒忽然不穩，語氣有些激動地說：「不但要照顧孩子，你還要照顧我，這麼沉重的負擔，你怎麼，怎麼還可能去做那些，讓你感到快樂的事？你的夢想，怎麼還能心有餘力地去完成？」

「夢想會隨著環境與情勢的變化也跟著改變呀。」我試圖想平緩她的心情，然而卻沒有效果，藝晴把手杖一丟，嘟起嘴來，說：「但是，這就不是我本來想要的那樣了！」

我知道產婦都會這樣，心情容易劇烈起伏，尤其愈到預產期，會波動得愈加厲害，只是我不曉得，平常一向都還算樂觀積極的藝晴，原來也會這樣。只見她甩開我的手，自己扶在行道樹上，一時間有些喘，連話都說不上來。

「慢慢呼吸，慢慢的，沒事的。」不敢怠慢，我急著想攙扶她到一旁的椅子上坐下，但藝晴勉強揮揮手，要我別動。她很努力地深呼吸，臉上有痛苦的表情，隔了半晌，這才能夠開口：「我知道你是擔心我，也擔心這個孩子，但你放心，我們都不會有事，我只希望，希望你能夠開開心心，去做每一件，每一件你想做的事。我們要做的，應該是支持你，而不是連累你。」

「別說了，先回家休息吧，好嗎？」雖然她的樣子看來好了些，但表情依舊痛苦，就怕在這將屆臨盆之際，她的身體有任何閃失，我小心地攙著她往路邊來，揮手攔停一部計程車。

「可以唱歌給我聽嗎？」在車上，司機沒開音響，封閉的車內空間，藝晴休息了很久，情緒終於平復了下來，依偎在我身邊，她小聲地問我：「可以唱那首歌給我聽嗎？」

我皺著眉頭，也沒有猶豫，當下輕輕地哼著，那是我們最初相遇時，一首她最愛的歌，也是一首以前就支撐著她，能夠一路走來的旋律。

「其實，我這幾天一直在想，在感覺，」聽著旋律，藝晴的聲音很微弱，大多數的語句都只剩下氣音，而且含混不清，我停止哼歌，湊近了些，這才能夠聽得清楚，她說：「到底幸福跟快樂，它們是連在一起的，還是可以區分開來的？」

「這個上次妳就問過了，當然是連在一起的。」我說。

「不，不對，它們是分開的。」微微睜開眼睛，藝晴說：「我後來終於想通了，原來，幸福跟快樂，其實是分開來的。」她拉住我的手，說：「你有我，有這個孩子，你一定覺得很幸福，對不對？你終於有自己的家人了，能有一個家的感覺，那一定是幸福的，對不對？」

「對。」不知怎的，我竟然自己先流下了眼淚。

「可是，可是你卻不快樂，你沒辦法快樂，因為你的幸福，就是讓你不快樂的原因。我看得出來，最近，你總是壓抑著，你很少笑，因為笑不出來，因為你連笑的心情，都沒有了……」

「不是這樣的，妳說錯了，我沒有不快樂。」我急忙搖頭。

「當你所希望擁有的幸福，最後卻成了牽絆你的阻礙，擋住了你的腳步，讓你不能，不能再去做那些，那些能讓你感到快樂的事情，那麼，幸福跟快樂，就無法連在一起了。」她幾乎又快閉上眼睛，有斗大的汗珠從她額頭迸了出來，隔了半晌，藝晴才又說：「我覺得，覺得……有一種，喘不過氣的感覺……」

那當下我再不遲疑，轉過頭對著司機，用力一拍他的椅背，虎吼了一聲：「掉頭，去醫院，快！」

幸福與快樂，原來會有彼此矛盾的一天。

44

是一個很適合作夢的天氣，有湛藍的天空，幾絲浮雲，微涼的風，不熱，耳邊聽得到遠處蟲鳴，像是只在虛無飄渺的想像中，才可能走過的風景，但今天絕不是個能夠好夢酣眠的日子。

「恭喜你從罪犯的身分中脫困了。」見到我的時候，兔老闆第一句話這麼說。

「謝謝。」我笑著。這話說的有道理，民法定義的「成年」是指二十歲，換句話說，就是直到今天之前，藝晴的父母如果想要追究，他們照樣可以控告我誘拐。

「對你來說，算是雙喜臨門；對我們而言，則是省下另一筆紅包支出。」王姊賊兮兮地一笑，說：「我代表公司感謝你。」

笑著接受她的祝福，但我又搖頭，指指會場入口處，很明確地告訴她，那邊明明就有兩張桌子，一邊收的是我跟藝晴的結婚禮金，另一邊收的是我女兒的滿月紅包。

「你這是訛詐。」王姊旁邊的佑哥瞪眼。

「我當然是。」我聳肩。

很難得的，團員們今天全都人模人樣地到來，但人類的衣服顯然不適合這些人，儀式都還沒開始，醜貓的白色西裝已經沾上他一杯接一杯喝個沒完的紅酒污漬，新兵衛在幫忙抬桌子時跌倒，屁股上髒了好大一塊，而胖虎則是在偷吃自助式餐點時，不小心弄得汁水淋漓。

「我就知道這些人靠不住。」我搖頭嘆氣。瞧瞧這些伴郎的難看模樣，人家伴娘這邊就好多了，藝晴的兩個同學，再加上小箏，她們都穿著粉紅色的小禮服，像花園裡盛開的粉色玫瑰，儀態優美、嬌豔欲滴。

「準備好了嗎？」我穿過草坪，走到角落這邊，藝晴坐在輪椅上，正跟她的父母親說著話，一見到我，她掙扎著便要起身。

「坐著會不會比較舒服點？」不想讓她辛苦，我問。

「坐著，結婚？我的……劇本，可不是，這樣安排……安排的喔。」她笑著回答，說話有點慢，但笑靨可人。

趁著小箏跟新娘祕書在幫她做最後的確認，我陪劉爸爸喝了小半杯紅酒，其實沒有特別要說的話了，該交代的、該叮嚀的，這陣子以來他早已跟我說過太多。起初藝晴並不打算在這個只屬於我們的小婚禮上，邀請她的父母到場，她說自己既然離開了家門，走進了我的生活，就希望在這個最完美的一刻，讓我們都只看得見光明美好的那一面；一旦她的父母到場，她總忍不住要在他們的眼光中看到屬於陰影、病痛與死亡的那一面。如果是正式的婚禮，她覺得可以之後再辦，屆時再邀請女方的其他親友到場即可，而這次，她想要的是只有我，以及幾位比較熟悉我們情形的友人就好。

即使我覺得她說的也不無道理，但左思右想之後，總覺得雖然這只是屬於我們年輕人要一起同聚的婚禮儀式，但這麼重要的一天，她的雙親若缺席了，難免還是一個遺憾。所以我對藝晴說，沒有父母陪伴在身邊的日子，將來還有很長，就算因為他們的出席，會讓人聯想到病痛與死亡，但那又何嘗不是我們人生的一部分？如果那是我們在未來終究要面對的，此時也就沒有什麼好避諱的，如果可以的話，希望她還是邀請父母來參加。

「而且，他們來了，也還有另一個好處。」我說：「咱們在那裡交換戒指的時候，妳總不能另一隻手還抱著女兒吧？妳媽媽來參加，剛好可以幫忙帶孫子。」

那個在醫生排算的預產期之前，耐不住性子，非得提早報到登場的小丫頭，跟她母親一樣，都有圓亮的大眼睛，也有鼓鼓的雙頰，而在她一出生之際，我就已經委託院方，趕緊進行必要的檢驗，想知道這個可怕的遺傳疾病是否也繼承到了她的身上。

「其實不用驗，我都知道，知道結果了。」還躺在病床上時，藝晴雖然虛弱，但依舊帶著自信的微笑，用她略帶含糊的聲音說：「她一定是健康的，不信的話，我們，賭十塊錢。」

雖然沒有詛咒自己女兒的意圖，但看在藝晴的份上，我還是接受了賭盤，也在結果揭曉後，真的掏出了十元硬幣來償付，輸得心甘情願，而且非常樂意給錢。

靠著劉媽媽的協助，藝晴坐月子的那段期間調養得非常好，只是產後身子雖然能重新補益，但病症惡化的情形卻無法回復，她走路歪斜，平常若沒有拐杖在手，幾乎難以保持平衡，甚至連說話也開始模糊不清，像是舌頭無法正常挪擺，而導致發音不正確那樣。她自己也覺得這樣的言語聽來不舒服，所以變得很少開口，但那並無所謂，因為只要一個眼神，我就知道她想說什麼。

「雖然我知道今天不該跟新郎談工作的事，但我忍不住還是想提醒你，婚禮辦完後，你可是連蜜月的時間都沒有，唱片的宣傳就要開始了，就算一邊抱著女兒，一邊攬著老婆，你也得給我上台去表演。」站在主禮台上，佑哥說：「我會幫你準備好麥克風架，讓你方便騰出手來攜家帶眷，全都上去一起唱。」

這一番致詞博得全場人的滿堂彩，大家都哄笑了出來，但我跟藝晴臉上卻有點苦，因為我們都知道，佑哥並不是個愛開玩笑的人，他看似輕佻的口氣裡，透出來的可都是無比的認真。儘管今天西裝筆挺，一派輕鬆地來擔任主禮嘉賓，但他心裡一定叨叨念念著工作上的事，尤其新專輯發行在即，他更不可能鬆懈。

「至於我，我這個人比較隨興，也不像有些唱片公司的大老闆一樣死要錢。」接著上台的兔老闆先橫了剛走下來的佑哥一眼，他伸手扶正了頭上那頂永遠不肯拿下來的兔子帽，說：「感謝今天這位新娘子，因為妳，才讓本來跟孤魂野鬼一樣的于映喆，變成今天這個像樣的新郎倌，雖然，新娘子本人在未成年以前，也常偷跑進我的Pub裡，差點害我被警察開罰單。」他這話一說，大家又都笑了出來，但我跟藝晴對望一眼，卻各是一驚，這個脫稿演出的老兔子，完全沒顧慮到女方的父母就坐在台下，他們可不知道女兒還幹過這些事哪！也不理會我拚命使眼色想暗示，兔老闆又說：「我也要感謝新郎，雖然你不是很紅的歌手，但好歹幫我賺了不少錢，希望你以後繼續努力，但是請千萬不要在登台表演時還把你女兒帶來，她未成年，不可以進我店裡。」說完，就在所有人瘋狂鼓掌的笑鬧聲中，兔老闆終於脫下帽子，露出他的大光頭，朝我們夫婦一鞠躬，而我們這時才看到他今天暗藏在頭上的玄機，這個老騷包居然用紅色麥克筆，在自己的光頭上畫了一個大愛心，當作是給我們的賀禮。

沒有牧師，也沒有媒人，只有迴蕩在周遭的旋律，那是我寫的曲子，但歌詞卻是藝晴填寫的，說來有趣，整張專輯當中，最後才開工錄製，差點讓我們發行日期延宕的一首歌，居然也是專輯在開賣之後，最受好評的一首歌，而網路點閱與電台點播當中，我所有的作品裡，也是它最受歡迎。

在旋律輕揚中，我牽著走起路來有些搖晃的藝晴，慢慢踏上禮台。她今天穿著平口的白紗禮服，雖然腳步顛晃，但還好因為裙襬非常寬大，再加上腳步緩慢，也有我攙扶，因此並不顯得彆扭，只是到了台上，我還是讓她先坐在預先準備好的椅子上。

「謝謝各位，感謝你們今天撥空來參加我們的婚禮。」先環顧四下，跟所有人點頭致謝，等他們的掌聲結束，我頓了一下，才說：「起初我一直以為，也許自己到老了之後，所能回想起來的，關於生命中最美好的片段，應該是我二十出頭時，參加了男子團體，被人家稱之為『偶像藝人』的那段日子，因為在那之後，我就開始了混跡夜店，賣唱賣笑的日子，除了幾位樂團夥伴的支持外，平常寫出來的歌也沒人要，只能在兔老闆的店裡，唱給喝得爛醉的客人們聽。我以為我會這樣一直唱下去，儘管熱熱鬧鬧過日子，卻沒辦法獲得真正的快樂，直至老去。

「但是現在我可以確定，當自己有一天真的老了，若要追索我這一生中最美好的回憶，我相信那一定是從某個起點開始的。那是一個跟平常一樣的夜晚，我雖然厭倦了，卻還是得上台嘶吼唱歌的夜晚，那一晚，有個當時還挺討人厭的女歌迷忽然跑來，不分青紅皂白就要我為她唱一首歌，一首我好多年前就寫了，原來還傳唱到加拿大去的〈藍色翅膀〉。」說著，我朝藝晴看了一眼，她臉上有幸福的微笑。

「從那之後，一直到現在，再一直到老，我想，這才是真正活著的感覺。感謝我的妻子，她教會了我一個很重要的道理，那道理就是，在我們短暫的一生當中，只有找到真正值得自己拚上一切也要去守護的事物，那才不算白活。」我牽著藝晴，對她說：「謝謝妳讓我重新有了對生命的認識，讓我在幾乎失去一切的時候，才知道自己原來還活著。」

這些話其實本來不需要在這裡說，甚至，也許連說出口的必要都沒有，因為藝晴早已明白。這是只屬於我們自己才懂的感覺，也是因為這樣的念頭與想法，才讓我們終於走到今天。說出來，我只是想與現場所有的朋友分享，同時，也希望所有人都能跟我們一樣，找到自己最值得守護的目標或對象。

致詞結束後，我低頭，在藝晴額頭上輕輕一吻，然後把麥克風拿起來，自己彎下腰，蹲在她的身邊，想讓她也說幾句話。有些羞赧跟遲疑，藝晴看著我，眼神像在討饒，但我輕笑著，也用眼神示意，告訴她，沒有關係，這裡都是我們的朋友與親人，沒有人會因為口齒不夠清晰而笑妳，也沒有人會因為妳講話太慢而不耐煩，這是屬於我們的日子，妳要講多久、愛講什麼都可以。

「我喜歡……我喜歡聽他，唱、唱歌。」有些遲滯，藝晴很仔細注意自己的發音，雖然速度較慢，但我們都聽得很清楚，「也喜歡，看他，笑。」眼睛望向台下的所有人，她慢慢地、很用力地咬字，說：「我想跟他，在一起，很久、很久。」

那瞬間，我本來拿著麥克風的手忽然有些顫抖，忍不住的一陣鼻酸，讓我連眼眶都濕潤了起來。藝晴很努力地說著話：「我，只是想要，想要這樣，而已。」

「我們會在一起很久的。」我忍著想哭的衝動，還是露出微笑。

「他，想去很多，地方。」也看看我，再看看眼前這些人，藝晴說：「去看，雪。去旁邊，旁邊有森林、森林的湖，可以，可以划船。」一字一字都很吃力，她勉強舉起手來，搭在我握著麥克風的手背上，「我想，陪他，去，那些，地方。還要，還要帶，我們的，女兒，一起去。」

一滴眼淚終於忍不住從我臉頰上滑了下來。藝晴臉上有心疼的微笑，緩慢伸手，幫我把那滴淚給揩去，她說：「你說，要在，對的時候，做，對的事。」

「嗯。」我點點頭。

「我，一輩子，只做過，一件，一件，對的事，就是，喜歡，喜歡你。」她說。

我們愛過，就已經是最棒的事。

到底幸福與快樂是不是連在一起的？當我仔細回想所有的故事，一直到了最後，這問題依舊沒能找到答案。現在我想問問妳，妳覺得呢？

又一個寂靜的夜晚，又一次黎明前的寧靜，好久以來，我始終沒能放下這問題，總試著在一步步走過的痕跡中，追索出一個真理，只可惜，或許是能力不足，即使到了這封信的最後，所有曾經發生過的事，都已經在腦海裡搬演了一回，而我此刻凝視著妳，也還是沒能明白。如果幸福是我們一生唯一追求的小小心願，那麼，能不能在得到幸福之後，還貪心地再多要一點快樂呢？

以前我沒找到答案，或許這問題也只能交給以後的妳。親愛的，我喜歡這樣叫妳，因為妳已是我生命中，除了音樂上的夥伴之外，最後的，唯一一個家人。也許我從無法在幸福與快樂之間獲得解答，但我相信妳可以靠著自己的智慧，找到屬於妳的道路，而身為妳的父親，我能做的，就是在妳成長的路上，讓妳幸福且快樂著。這就是我寫這封信給妳，唯一想告訴妳的一件事。

我愛妳。

父字

休息室裡一片忙亂，一群人進進出出，來回忙個不停，偌大一張圖表就懸在門口，寫著今晚所有的歌單，密密麻麻，一共二十首，其中十八首歌是正規的表演清單，另外兩首則是安可曲。我瞥了一眼，直接走出休息室，但外面更亂，瞧著他們來來去去，我深深覺得，一場演唱會，真的不只是幾個人的事，為了一個要上台的樂團，得有多少幕後工作人員，大家群策群力，才能把活動辦得盡善盡美。

他們說今晚的演出幾乎座無虛席，一萬五千張票都賣完了，這筆進帳應該足以讓佑哥鬆一口氣，要是再不賺錢，他這家公司只怕撐不下去。一邊為他高興，我也暗自慶幸，還好當初沒加入小箏他們公司，否則現在我也許還只是個為人作嫁的創作槍手，根本沒有出頭的機會。

推開厚重的玻璃門，站在陽台上，凜冽的夜風颳來，讓人打了一個寒顫。

我拉拉衣領禦寒，伸手從口袋裡掏出香菸，雖然點著，卻沒吸上幾口，整個人都被眼前的夜景所吸引。這城市很美，璀璨繽紛。在這個擠了數百萬人的大都市裡，無時無刻都有故事正在上演，人與人交織的劇情，構成了城市裡的氣息。而我，也不過是其中之一而已。

這世界上有些人是不幸的，他們也許遇見了一個適合的對象，卻因為機緣的左右，而與那個人失之交臂，又或者他們已經到了最恰當的時機，但等了又等，卻怎麼也等不到那個該出現在生命中的，最重要的人。

比起來，我應該可以算是幸運的另一類，我曾遇見一個人，本來看似無足輕重，卻在我正一無所有的當下，影響了我後來的一生。雖然她也只在我漫長的人生中停留了一段極為短暫的時光，但留下的卻是無可抹滅的記憶，也徹底改變了我。

終於把香菸湊到嘴邊，淺淺吸了一口，我想看看煙霧飄散於夜空中的樣子，就像那些美好的、喜悅的，以及悲傷的、痛苦的一切，都會隨著時間流逝，慢慢沉澱於無形。但我知道，那並不是消失，只是存進了心底而已，唯有當這些都平靜下來，再不興起波瀾之後，我才能夠好好地想想，她說過的，關於幸福快樂，究竟能不能拆分開來的問題。

走出我的世界，已經好遠好遠，遠得讓我再遙不可及，那是她覺得自己最後唯一能做的選擇，她用歪斜的字跡，極簡短地寫下自己的想法。

親愛的，我的丈夫，

留給你的，是我們累積的幸福中，最美的那一部分；我帶走的，是讓你無法快樂的最大原因。這是讓幸福與快樂相連成線的唯一方法，我知道你會懂，也希望你很快就懂。

別找我，除非，你已為我寫了一封信。

但我將不再見你，因為，我只要你記得，曾經最美的我。

愛我們的孩子，如同愛我；請幸福快樂著，如同今後，我想念你們時的心情。

謝謝你，給了我這一生，最美好的時光。

香菸已經燒絕，但菸蒂還拿在手上。我憑高而望，夜空依舊。玻璃門推開處，一個小助理探頭，提醒時間已到，是該準備上台的時候。

對不起，那封短箴上所有的叮嚀我幾乎都做到了，唯獨就差一項。

去過劉爸爸的公司，我苦苦哀求，卻被警衛嚴格擋下，甚至被趕了出來。我知道他不是不願見我，只是非得遵守藝晴的交代不可。她不願讓我見到那個不再活潑，也不再充滿朝氣的模樣，寧可只要我記得最初的美好，就像信上所寫的那樣。於是我懂了，妳還是以前那個妳，慧黠聰明，讓我捉摸不著，但凡事都預先安排好，而我唯一能做的，就是妳吩咐過的，愛我們的孩子，如同愛妳。

轉身，沒有留戀這華美的夜空，再美，都比不上我心裡始終沒能忘去的那個人。休息室裡空無一人，樂手們已經就定位，他們在等主唱登台。我一邊順著廊道往前走，一邊聽到隱約傳來的聽眾鼓譟聲。最終，我沒寫一封信給妳，沒寫，妳就永遠活在我心裡，不管多久，始終都在；但在妳走了之後，我卻為妳寫過很多首曲子，現在，我要為妳而唱。

我不寫一封信給妳，是因為妳始終活在我心裡，直到永遠。

【全文完】

[後記]

寫一封信給妳

有很多時候，因為寫作的緣故，會經常在腦袋裡不斷搜索，到底一個故事，在文本的劇情底下，作者可以再表達些什麼。有時候我們下手稍嫌重了些，通篇故事充滿說教意味，有些時候我們忘了該放進這點調味料，於是故事一整個就愛情到了底。多與少之間的拿捏，有時是一件很難斟酌的事。

只是我也沒有特別想在這故事中又講什麼艱深的道理，那其實並不適合我。倒是在架構這樣的故事過程中，意外地想到兩件事而已。一者是，我們常掛在口中的「幸福快樂」，它指的到底是不是同一件事？幸福了，然後也就快樂了嗎？在我們的人生中，可能也會因為追求幸福而失去快樂嗎？如果很遺憾的，我們只能擁有其一時，那怎麼辦？

然後我又想到的第二件事，是藝晴所說的，每個人的一生中，如果能找到一件值得自己拚了命也要守護的物事，那也就沒有遺憾了。這話說來熱血，卻也相當空泛，熱血，是因為我們終於有了一生尋覓的價值，但問題是，到底要尋覓什麼？什麼才是值得拚盡一生去守護的？沒有真正遇到之前，光用想的，也許永遠也想不出答案來。

所以我其實只是想在這樣的故事中，跟你們講這兩件事而已——讓自己幸福並快樂著；而能讓你幸福也快樂的，或許就是最值得你付出一切去守護的，別錯過，也別留下遺憾。

故事中關於小腦萎縮症的部分，大多數資料都透過醫學說明或案例而來，為了故事的寫作需要，讓主角的發病歷程縮短，主要只是想透過這個病症，來對人物們在劇情中的轉折做呼應。這個疾病的治療方式，西醫尚且近乎無解，但據說中醫已有針灸療程，當然具體成效如何，我並不十分知悉。

歷經了前幾次在故事中強烈地去敘述死亡，以及死亡前，人物們的內心糾結，那種痛苦所帶來的壓迫感之後，這一回，我試圖讓故事後半段的時間多採跳躍的方式行進，不想讓讀者在一片淒風苦雨中愁腸千結，也不想折磨作者本身，在那些人物日常的苦鬱中無止盡地揪心，我們的現實生活已經太缺乏快樂，用不著透過一篇小說，在跟故事人物比誰辛酸難過，與其藉由人物誇張而氾濫的悲劇，來替代或緩解自己於現實中的苦悶，我們或許更應該挑一篇稍微帶點溫暖或趣味的小說，來激活一下可能早已沉睡於體內的幽默細胞，這會讓我們在闔上書本後，起碼還能嘴角上揚地看看世界。

一篇小說的完成，往往意味著下一篇故事的即將誕生。這是很忙碌的一年，出版品多，還念完碩士，就在終於可以交稿的今天晚上，我則將要前往社區大學去學烘焙，再給自己紛紛碌碌的生活更添一點事做。屆時也許我就不寫小說了，改用現場口述的方式來跟你們說故事。先等我今晚去了咖啡與烘焙的才藝研習班，學會煮咖啡跟做餅乾之後。

這是我們的時代，手裡握著自己未來的方向，走屬於自己的路。當你累了，或者停下來，哼一首歌，寫一封信給自己，然後，跟這故事裡的主角們一樣，繼續追逐自己的夢。願我們都如此勇敢。

東燁 二〇一四年九月三日於中和

BX4212
暖夏／定價200元

沒有愛情的日子，我們總期盼著一份真心；
當愛降臨，是否，我們又往往想得太多而躊躇不前？

BX4218

後初戀的道別／定價200元

有一份感情，我們始終放不下，在記憶裡閃亮，無可替代。
但那終究過去了。在愛情消逝之後、向遺憾說再見之前，總是最糾葛……

國家圖書館出版品預行編目資料

寫一封信給妳／東燁（穹風）著. -- 初版. -- 臺北市：
商周出版：家庭傳媒城邦分公司發行, 2014（民103.11）
面： 公分. --（網路小說；238）
ISBN 978-986-272-674-7（平裝）

857.7　　103019266

寫一封信給妳

作　　者／東燁（穹風）
企畫選書人／楊如玉
責 任 編 輯／楊如玉

版　　權／翁靜如
行 銷 業 務／李衍逸、黃崇華
總　編　輯／楊如玉
總　經　理／彭之琬
發　行　人／何飛鵬
法 律 顧 問／台英國際商務法律事務所　羅明通律師
出　　版／商周出版
城邦文化事業股份有限公司
台北市民生東路二段 141 號 9 樓
電話：(02) 25007008　傳真：(02) 25007759
Blog：http://bwp25007008.pixnet.net/blog
E-mail：bwp.service@cite.com.tw
發　　行／英屬蓋曼群島商家庭傳媒股份有限公司城邦分公司
台北市民生東路二段 141 號 2 樓
書虫客服服務專線：(02) 25007718、(02) 25007719
服務時間：週一至週五上午09:30-12:00；下午13:30-17:00
24 小時傳真專線：(02) 25001990、(02) 25001991
劃撥帳號：19863813；戶名：書虫股份有限公司
讀者服務信箱：service@readingclub.com.tw
城邦讀書花園：www.cite.com.tw
香港發行所／城邦（香港）出版集團有限公司
香港灣仔駱克道193號東超商業中心1樓
E-mail：hkcite@biznetvigator.com
電話：(852)25086231　傳真：(852) 25789337
馬新發行所／城邦（馬新）出版集團【Cité (M) Sdn. Bhd.】
41, Jalan Radin Anum, Bandar Baru Sri Petaling,
57000 Kuala Lumpur, Malaysia.
Tel: (603) 90578822　Fax:(603) 90576622
email:cite@cite.com.my

版 型 設 計／鍾瑩芳
封 面 設 計／黃聖文
排　　版／新鑫電腦排版工作室
印　　刷／高典印刷有限公司
總　經　銷／高見文化行銷股份有限公司
電話：(02) 26689005　傳真：(02) 26689790
客服專線：0800-055-365

■ 2014 年 11 月初版
定價200元

Printed in Taiwan
城邦讀書花園 www.cite.com.tw

 ISBN　978-986-272-674-7

商周出版

廣	告	回	函
北區郵政管理登記證			
台北廣字第000791號			
郵資已付，免貼郵票			

104台北市民生東路二段141號2樓

英屬蓋曼群島商家庭傳媒股份有限公司　城邦分公司

請沿虛線對摺，謝謝！

商周出版

書號：BX4238	**書名：**寫一封信給妳	**編碼：**

請於此處用膠水黏貼

商周出版

讀者回函卡

感謝您購買我們出版的書籍！請費心填寫此回函卡，我們將不定期寄上城邦集團最新的出版訊息。

不定期好禮相贈！
立即加入：商周出版
Facebook 粉絲團

姓名：＿＿＿＿＿＿＿＿＿＿＿＿＿＿＿＿ 性別：□男　□女

生日：西元＿＿＿＿＿＿年＿＿＿＿＿＿月＿＿＿＿＿＿日

地址：＿＿＿＿＿＿＿＿＿＿＿＿＿＿＿＿＿＿＿＿＿＿＿＿

聯絡電話：＿＿＿＿＿＿＿＿＿＿＿＿ 傳真：＿＿＿＿＿＿＿＿＿＿＿＿

E-mail ：

學歷：□ 1. 小學 □ 2. 國中 □ 3. 高中 □ 4. 大學 □ 5. 研究所以上

職業：□ 1. 學生 □ 2. 軍公教 □ 3. 服務 □ 4. 金融 □ 5. 製造 □ 6. 資訊
□ 7. 傳播 □ 8. 自由業 □ 9. 農漁牧 □ 10. 家管 □ 11. 退休
□ 12. 其他＿＿＿＿＿＿＿＿＿＿＿＿＿＿＿＿＿＿＿＿

您從何種方式得知本書消息？

□ 1. 書店 □ 2. 網路 □ 3. 報紙 □ 4. 雜誌 □ 5. 廣播 □ 6. 電視
□ 7. 親友推薦 □ 8. 其他＿＿＿＿＿＿＿＿＿＿＿＿＿＿

您通常以何種方式購書？

□ 1. 書店 □ 2. 網路 □ 3. 傳真訂購 □ 4. 郵局劃撥 □ 5. 其他＿＿＿＿

您喜歡閱讀那些類別的書籍？

□ 1. 財經商業 □ 2. 自然科學 □ 3. 歷史 □ 4. 法律 □ 5. 文學
□ 6. 休閒旅遊 □ 7. 小說 □ 8. 人物傳記 □ 9. 生活、勵志 □ 10. 其他

對我們的建議：＿＿＿＿＿＿＿＿＿＿＿＿＿＿＿＿＿＿＿＿＿＿＿＿

＿＿＿＿＿＿＿＿＿＿＿＿＿＿＿＿＿＿＿＿＿＿＿＿＿＿＿＿

＿＿＿＿＿＿＿＿＿＿＿＿＿＿＿＿＿＿＿＿＿＿＿＿＿＿＿＿

請於此處用膠水黏貼